Pascal Morin

Wie man in Paris mit fünfzig die Liebe findet

(und andere wichtige Fragen)

Roman

Aus dem Französischen von
Claudia Steinitz

BLOOMSBURY BERLIN

FSC
www.fsc.org
MIX
Papier aus verantwortungsvollen Quellen
FSC® C083411

Die Originalausgabe erschien 2013 unter dem Titel
Comment trouver l'amour à cinquante ans quand on est Parisienne (et autres questions capitales)
bei Éditions du Rouergue

Umschlaggestaltung: ZERO Werbeagentur, Berlin
Typografie: Birgit Thiel
Gesetzt aus der Stempel Garamond
von Greiner & Reichel, Köln
Druck und Bindung: CPI – Books GmbH, Leck
Printed in Germany
ISBN 978-3-8270-1217-3

www.berlinverlag.de

Für Emmanuel

»Wenn er nach Zeit und Umständen sein Wesen änderte, würde sich sein Glück nicht ändern.«

Niccolò Machiavelli, *Der Fürst*
(deutsch von Ernst Merian-Genast)

ERSTER TEIL

Sie mussten den Sarg auf die Kante stellen. Waagerecht passte er nicht durch die gemauerte Tür der Grabkammer, die in der hohen Betonwand der »Sektion für Bedürftige« für sie reserviert war. Die Verstorbene war zu dick.

Catherine Tournant, die ernst und schwarzgekleidet danebenstand, wurde angesichts dieser grotesken Situation vom Grauen gepackt. Eben noch hatte sie in Gedanken über den Tod von Sylvia Jackowska, Mutter ihrer Schülerin Natacha, gespottet, nun stellte sie sich das Innere der Holzkiste vor und bremste den Strom sarkastischer Gedanken, die in ihrem Geist aufblitzten. Unter anderen Umständen hätte sie sich darauf konzentriert, eine lapidare Bemerkung mit roter Tinte für den Seitenrand der Szene zu formulieren, die sie gerade erlebte. Allzu gern ließ sie dieser reinsten Manifestation einer Berufskrankheit freien Lauf. An diesem Tag jedoch erlaubte sie es sich nicht.

»Das ist ja eklig!«, sagte sich indessen Natacha

Jackowska. Ihre Mutter würde also nicht wie eine anständige Leiche mit über dem Bauch verschränkten Händen auf dem Rücken ruhen. Nein, ihre Lage würde auf ewig demütigend bleiben. Ihre Mutter war sowieso nie wie die anderen gewesen. Sie war riesig. Ein Phänomen. Der Sarg, die größte verfügbare Größe im städtischen Depot, war mit ihrem Körper gefüllt, aber nicht wie ein Bett, sondern wie ein Bottich. Ihre Mutter lag sogar im Tod außerhalb der Norm. Das hatte Natacha immer schon gewusst. Bereits als Kind hatte sie es begriffen. Und Natacha Jackowska, Schülerin der zwölften Klasse des literarischen Zweigs im Lycée Saint-John-Perse von Aulnay-sous-Bois, wo sie für magere Ergebnisse mächtig ackern musste, Natacha Jackowska, Tochter dieser polnischen, von ihrem eigenen, unförmig gewordenen Leib erstickten Emigrantin, seit nunmehr zweiundsiebzig Stunden Waise, zeigte zum ersten Mal seit langer Zeit ein kleines Lächeln.

Catherine bemerkte es. Sie fragte sich, was in so einem Moment die Ursache dafür sein mochte. Trotz der konkreten Unterstützung, die sie ihr gegeben hatte, indem sie sie zum Rathaus begleitete, um die nötigen Schritte beim Bestattungsdienst zu unternehmen, und indem sie einen Termin mit einer Sozialarbeiterin für sie vereinbarte, hatte sie sich nicht wirklich für Natacha interessiert. Sie verpasste sich in Gedanken die Randbemerkung: »Muss aufmerksamer für andere werden.« Außerdem hätte sie nur allzu gern gewusst, worüber sich das Mädchen in all seinem Elend amüsierte.

Natacha beherrschte sich sogleich wieder und setzte die reglose Miene des traurigen Kindes auf, die sie stets wie eine Maske getragen hatte. Sie war seit zwei Monaten volljährig, war im Juli achtzehn geworden. In der Fünften war sie einmal sitzengeblieben, aber seitdem nie mehr. Allerdings schaffte sie die nächste Klasse immer nur mit Hängen und Würgen. Den literarischen Zweig hatte sie nicht aus Lust, sondern aus Berechnung gewählt: In Mathe war sie völlig aufgeschmissen, und sie sprach Polnisch. Diese beiden Tatsachen hatten auch ihre Lehrer bewogen, sie auf diesen Weg zu lenken, von dem sie nicht wusste, wo er sie hinführen sollte. Sie las nicht gern, schrieb nicht gern und ertrug die endlosen Philosophiestunden nur, indem sie sich in eine Fantasiewelt absoluter Freiheit und brutaler Abrechnung flüchtete, immer blieb sie stumm und ausdruckslos, unauffällig. Sie verstand nicht so richtig, warum sich Madame Tournant um sie kümmerte.

»Ich bin volljährig und geimpft«, sagte sich Natacha Jackowska wieder und wieder.

Sie zählte die Leute. Vierzehn. Kein Familienangehöriger. Fünf Mitarbeiter der Stadtverwaltung. Madame Tournant, trocken und würdevoll. Cindy Pruvot, ihre einzige Freundin, mit ihrem ewig gleichen dicken Pullover aus bunter Wolle. Sieben andere Klassenkameraden, die das Begräbnis als Vorwand nutzten, um einen Vormittag lang den Unterricht zu schwänzen. Das war ihre Welt. Und nun war ihre Mutter tot, die nie einen Mann gehabt hatte, keinen Mann jedenfalls, der Natacha Jackowska als Vater hätte dienen können. Und kein weiteres Kind.

»Was hast du jetzt vor?«, fragte Madame Tournant gleich nach dem Ende der Beisetzung besorgt. Sie versuchte, die Rolle der erfahrenen, aufmerksamen und menschlichen Vertrauten besonders überzeugend auszufüllen, weil sie sich Vorwürfe machte, sie nicht früher eingenommen zu haben.

Erst als Natacha diese Frage hörte, begriff sie, dass die Zeremonie schon vorbei war. Sie sah, wie die Kammer mit einem Zementdeckel verschlossen wurde, wie man mit der Kelle den Sarg einmauerte, der für alle Zeiten auf der Kante stand. Natacha war felsenfest überzeugt, dass sie nie wieder auf diesen Friedhof kommen würde. Sie fühlte sich von einer Last befreit und konnte nicht anders, als Madame Tournant diesmal ganz unverhohlen anzugrinsen.

»Keine Ahnung«, antwortete sie unbekümmert.

Sie lehnte die Einladung der Lehrerin zum Mittagessen höflich mit der Behauptung ab, sie habe alles Nötige zuhause und wolle jetzt allein sein, winkte Cindy kurz zu und wandte sich ab.

Catherine Tournant ging zum Bahnhof. Sie war gleichzeitig entsetzt von dieser Beisetzung, der sie in Gedanken das Prädikat »unglaublich« gab, und besorgt um ihre Schülerin. »Ich kenne sie so schlecht«, sagte sie sich. »Wie kann ich ihr nur Trost spenden?«

Wenige Tage zuvor hatte sie ihrer Klasse, der 12 L, erklärt, man brauche immer einen »Auslöser«, um eine Geschichte zu erzählen:

»Nach der Vorstellung einer Ausgangssituation, zum Beispiel ›Es waren einmal ein armer Fischer und seine Frau‹, muss etwas passieren: ›Eines Tages fing er einen goldenen Fisch‹.«

Man musste die Glückseligkeit durch einen Zwischenfall unterbrechen, die Einsamkeit durch eine Begegnung stören, den Überfluss durch eine Katastrophe beenden. Man hatte die Wahl, und die Autoren hatten alle möglichen Strategien ausprobiert, aber es war fast unmöglich, von diesem Prinzip abzuweichen. Man ging vom Zustand zur Aktion über, von der Beschreibung zum Erzählen, vom *imparfait* zum *passé simple*, und zwar mit dem Adverb »plötzlich«.

Wie schon oft in den letzten Monaten war Catherine beim Reden in Gedanken zwischen den mit Misteln bedeckten Pappeln herumgewandert, die sie durch das Fenster in der Ferne sah. Sie wusste, dass sie den Canal de l'Ourcq säumten, auch wenn sie sich nie so weit gewagt hatte. Seit siebzehn Jahren arbeitete sie jetzt schon am Lycée Saint-John-Perse, es war ihre dritte Stelle. Ein Schuljahr jagte das andere, mehrere Tausend Schüler der zehnten, elften und zwölften Klasse zogen vorbei, denen sie geduldig die Kenntnisse zu vermitteln suchte, die man normalerweise schon in der sechsten erwarb. Sie hatte aufgehört, sich über die Komplexität der Lehrpläne, die Verflachung der Texte durch die Analyse und die Vernichtung der Lesefreude den Kopf zu zerbrechen, und war einer zunehmenden Betäubung verfallen. Catherine Tournant fühlte sich nur wohl, wenn sie in Gedanken hinter dem Schulzaun bei den Pappeln war. Sie unterrichtete, ohne dabei zu sein, diskret und unauffällig, für alle tadellos.

Vor dem Ende der Stunde hatte sie die Anwesenheit in das dafür bestimmte Heft eingetragen. Natacha Jackowska fehlte, und Catherine hatte ihre Schüler gefragt, ob sie krank sei und ob sie etwas von ihr wüssten.

»Sie ist nicht krank«, hatte Cindy Pruvot geantwortet, die sonst neben Natacha saß. »Es ist wegen ihrer Mutter. Sie ist gestorben.«

Nach dem ersten Schock über diese Mitteilung hatte sich Catherine inmitten der spontanen Stille, die sich in Raum 221 ausgebreitet hatte, sofort gefragt, wie sie ihrer Schülerin helfen könne. Unter diesen Umständen wollte sie keinesfalls die anonyme Lehrerin bleiben. Sie hatte ihre Prinzipien und versuchte immer daran zu denken, dass sich hinter jedem Gesicht ein Schicksal verbarg. Eine Persönlichkeit. »Etwas Menschliches.«

Gewiss. Aber an diesem Morgen Ende September, wenige Tage vor der grotesken, glanzlosen Beisetzung von Sylvia Jackowska, erkannte sie inmitten der blassen Reihe identischer Tage in diesem Ereignis keinen der »Auslöser«, die ihre Schüler in fiktionalen Texten erkennen sollten. Wenn man ihr gesagt hätte, dass sie sich noch vor Ende dieses Schuljahres verlieben würde, hätte sie es nicht geglaubt. Und dennoch würde die unglaubliche Veranstaltung auf dem Friedhof ebenso wie der berühmte Flügelschlag des Schmetterlings unerwartete Folgen haben.

Nach der Beisetzung ging das Leben wieder seinen gewohnten Lauf, und nach kaum zwei Wochen hatte Catherine dieses Ereignis an seinen Platz und ins Präteritum verwiesen. Es war Montagabend, sie saß an ihrem Schreibtisch und korrigierte sorgfältig einen Stapel Klassenarbeiten, die sie ihren Schülern am nächsten Tag zurückgeben würde. Sie wollte die lästige Pflicht hinter sich bringen und hatte sich darauf eingestellt, den Abend zu opfern, um fertigzuwerden. Natürlich hätte sie lieber ferngesehen, aber sie wollte auf keinen Fall so werden wie manche Kollegen, die schriftliche Arbeiten ohne Gewissensbisse Wochen später oder unter dem Vorwand, sie seien so schlecht, gar nicht mehr austeilten, anstatt das Ausmaß ihrer eigenen Faulheit zuzugeben.

Sie befand sich also in einem Zustand angespannter Konzentration, und ihre Wahrnehmung beschränkte sich auf das Hin und Her zwischen den Arbeiten und ihren gedanklichen Kommentaren, die sie mit roter

Tinte auf das Papier übertrug, wobei sie Acht gab, sie vorher abzumildern. Das war keineswegs die amüsante Arbeit, die sich ihre Freundinnen vorstellten, wenn Catherine ihnen die lustigsten Schnitzer erzählte, die sie in einem Heft, ihrem »Perlencollier«, notierte. Für sie war die Bewertung eine ernsthafte und anstrengende Arbeit, die sie in einen Schwebezustand zwischen Bewusstsein und Wachtraum versetzte.

Hätte sie verstanden, was sich gerade, als sie mit der Korrektur von Natacha Jackowskas Arbeit begann und sich innerlich über die Dürftigkeit ihres Denkens aufregte, in deren Wohnung abspielte? Oder hätte sie sich eine Fehlinterpretation geleistet, indem sie Oberflächlichkeit sah, wo es einen tiefen, geradezu organischen Impuls der Erneuerung gab? Hätte sie geahnt, dass sie einige Zeit später dem Beispiel des Mädchens folgen würde?

Am Nachmittag war Natacha zu dem Termin gegangen, den Madame Tournant für sie mit einer Sozialarbeiterin gemacht hatte. Diese hatte Natacha erklärt, sie müsse ihre Zweizimmerwohnung räumen, weil sie sie nicht mehr bezahlen könne, und in ein Heim für junge Arbeiterinnen ziehen. Alles, was ihrer Mutter gehört habe, werde beschlagnahmt, um die Gläubiger zu bezahlen. Der Tisch und die drei Stühle, das Bett, der Fernseher. Natacha dürfe nur ihre Kleidung und ihre Schulsachen behalten. Die Sozialarbeiterin hatte mit ihr auch ein Postbankkonto eröffnet, auf das der Sozialdienst umgehend fünfhundert Euro überweisen würde, und ihr dreißig Euro in bar für die dringendsten Ausgaben ausgehändigt.

Dann hatte Natacha Cindy zu sich eingeladen. Zum ersten Mal. Sie wollte den Fernseher ausnutzen, bevor er mit dem Rest des mageren Mobiliars verschwand. Zu Lebzeiten ihrer Mutter hatte sie keine Klassenkameraden einladen dürfen. Natacha hatte sich nie gegen dieses unausgesprochene Verbot aufgelehnt. Sie verstand absolut, dass sich ihre Mutter schämte, sich zu zeigen. Sylvia Jackowska ging nie aus dem Haus, Natacha kümmerte sich sogar um das Einkaufen.

Natacha schämte sich überhaupt nicht. Sie wohnte in dieser Wohnung der *Cité des 3000*, in einem gigantischen Wohnblock, dessen architektonische Besonderheit ihr gar nicht auffiel. Sie war dort niemals wirklich zuhause gewesen, sondern hatte sich immer ganz tief in sich selbst zurückgezogen, auf Abstand zu dem schwarzen Loch, das ihre Mutter darstellte. Die neue Freiheit war also nicht die Ursache für die Einladung.

Es war etwas Anderes, etwas Tieferes und sehr Konfuses in ihr. Dafür brauchte sie Unterstützung.

»Cindy ist dick«, sagte sich Natacha, »nicht so dick wie meine Mutter, aber sie ist ja auch erst siebzehn.« Cindys Korpulenz hatte irgendwie etwas sehr Beruhigendes. Man sah sie oft mit Essen in der Hand, Kuchen, Konfekt oder auch nur Brot, während sich Natacha alles versagte. Für Natacha Jackowska waren alle Mädchen auf der schiefen Bahn des in die Höhe schießenden Gewichts. Sie selbst rechnete nicht damit, diesem Gesetz zu entgehen, deshalb aß sie wenig. Sie war groß und zart wie ein trockener Zweig. Natacha ging nicht so weit, sich zu fragen, ob gerade Cindys Dicksein, ihre runden Wangen und der gewölbte Bauch, sie zu ihrer Freundin gemacht hatten. Sie sah keine tiefere Verbindung zwischen Cindys Aussehen und ihrer Zuneigung zu ihr.

Als sie an diesem Montagabend zwei Wochen nach der Beisetzung neben ihrer Freundin auf dem Bett lag und mit ihr fernsah, hatte sie ein Déjà-vu. Cindy nahm sich ständig von den Chips aus der Tüte, Natacha rührte sie nicht an. Bloß nicht. Sie weigerte sich mit allen Kräften. Um den unangenehmen Gedanken zu verscheuchen, dass in Gestalt von Cindy ihre Mutter da neben ihr lag, wiederholte sie sich denselben Satz wie auf dem Friedhof, ihren inneren Refrain, jedes Mal, wenn sie ein Problem vor sich sah: »Ich bin volljährig und geimpft.«

Natacha und Cindy ließen sich von einer amerikanischen Sendung über Schönheitschirurgie berieseln. Durchschnittliche Frauen unterwarfen sich zahlreichen Operationen und wurden die Schönsten der Familie, ihres Viertels, ja der ganzen Stadt. Die Sendung hieß *Relooking extreme*. Man zeigte nichts von den chirurgischen Eingriffen und fast nichts von der langen und schmerzhaften Heilung, sondern begeisterte sich endlos an den beeindruckenden Ergebnissen. Für den großen Empfang anlässlich des Wiedersehens mit der Familie verkleidete man die Versuchskaninchen als Prinzessinnen. In warmes Licht getaucht und von Violinenklängen begleitet, fuhren sie in Limousinen vor.

Natacha liebte solche Programme. Sie zappte zu allem, was Imageberatung, Schönheitschirurgie und Gewichtsreduktion betraf. Sie war fasziniert von den Vorher/Nachher-Fotos. »Jetzt«, sagte sie sich, während sie neben Cindy saß, die sich auf dem Bett fläzte, »ja, jetzt ist vorher. Aber das Nachher kommt näher.«

Als die Sendung vorbei war, bat sie Cindy um Hilfe. Sie hatte diesen Moment genau geplant, wenn ihr

Cindy ausgeliefert sein würde. Schläfrig und betäubt von mehreren Folgen, die sie hintereinander in voller Länge gesehen hatten, besaß ihre Freundin keinen eigenen Willen mehr. Es war schon spät, und sie mussten am nächsten Morgen früh aufstehen, um zur Schule zu gehen, aber Natacha bekam von ihr, was sie wollte. Sie würden sich neu stylen. Alles würde drankommen: Kleidung, Schminke, Accessoires, Haltung. Und als Erstes die Frisur.

Bei der Vorstellung, die Haarfarbe zu wechseln, packte beide eine geradezu kindliche Freude voll fröhlicher schwesterlicher Vertrautheit. Natacha holte die Fläschchen aus dem Badezimmer, die sie für diese Metamorphose gekauft hatte. In ein paar Minuten würde sie, die ihr durchscheinendes Blond ein Leben lang wie eine ätherische Aura getragen hatte, eine kohlrabenschwarze Mähne haben. Das glatte, in der Mitte gescheitelte Haar, das Madame Tournant zu der Äußerung verleitet hatte, sie habe ein »präraffaelitisches Gesicht«, gehörte zur Vorher-Natacha. Sie hatte genug von ihrem milchweißen Teint, den faden Haaren und den blassblauen Augen. Für sie war »präraffaelitisch« kein Kompliment. Nur die Bemerkung einer verklemmten Fünfzigjährigen. Sie wusste sowieso nicht genau, was das hieß. Dafür wusste sie ganz genau, dass sie sich verändern würde. Die Nachher-Natacha würde kurze, schwarze Haare haben. Das war unwiderruflich.

Die beiden Mädchen machten sich an die Arbeit. Natacha setzte sich mit dem Rücken vor Cindy, die ihr ein Handtuch über die Schultern legte und sich seufzend daranmachte, ihre Haare mit einem Kamm zu teilen, nicht, weil sie sich langweilte, sondern weil sie immer seufzte. Sie konnte nichts ohne einen Seufzer beginnen. Man konnte sie leicht für unwillig halten, aber das stimmte nicht. Seufzen war im Laufe der Zeit eine notwendige Interpunktion geworden, sozusagen unverzichtbar für ihre innere Grammatik.

In jeder Furche, die der Kamm zog, drückte Cindy das Plastikfläschchen, aus dem ein scharf riechendes schwarzes Gel kam, an die Haarwurzeln. Ihre Hände waren glücklicherweise von den Handschuhen geschützt, die der Bedienungsanweisung beigelegen hatten. Dann verteilte sie die Farbe mit dem fleckigen Kamm auf Natachas Haaren, massierte sie und legte sie übereinander, bis sie am Ende nur noch eine unförmige, klebrige Masse bildeten.

»Eine Gorgonenmähne«, scherzten sie und ahmten die steife Stimme von Madame Tournant nach, der es nie gelungen war, ihre Schüler für die antike Mythologie zu begeistern. Für die Mädchen war Hermes höchstens ein Modegott.

Sie mussten einige Minuten warten, bis die Farbe einzog. In der Zwischenzeit wechselten die beiden die Rollen. Nun trug Natacha eine Blondierungscreme bei Cindy auf, denn die Freundin träumte davon, blond zu sein. Dann spülte sich Natacha über der Badewanne gründlich die Haare, fasziniert vom bläulich schwarzen Wasser, das endlos vom Vorhang der nassen Strähnen vor ihren Augen herabrann. Cindy hielt den Duschkopf, während sie das Haar mit gespreizten Fingern entwirrte. Natacha erkannte sich mit der schwarzen Mähne nicht wieder. Die Transformation hatte tatsächlich begonnen.

Dann spülten sie Cindys Bleichcreme aus. Nach dem Trocknen mit dem Fön betrachteten sie das Ergebnis im Spiegel. Cindy war nicht mehr kastanienbraun, sondern von künstlichem, unentschlossenem, eher strohgelbem Blond. Sie beschlossen, die Prozedur sofort zu wiederholen, um sich dem gewünschten Platinblond zu nähern. Bei Natacha hingegen gab es ein handfestes Ergebnis. Das tiefe Schwarz wurde als Erfolg bewertet. Die Mädchen fanden sogar, dass ihre hellen Augen in dem dunkel umrahmten Gesicht ganz anders strahlten als vorher. Cindy sprach es aus: »Das hebt deine Augen total hervor.« Und so war es tatsächlich. »Willst du Mascara?«

Im Gegensatz zu Natacha war Cindy mit den weiblichen Kunstgriffen vertraut. Sie holte ein Schminktäschchen aus ihrem Rucksack und begann mit einem Seufzer die Lider ihrer Freundin zu schminken.

»Steht dir supergut!«, sagte sie noch.

Für Natacha war es jedoch nur ein Anfang. Sie ging in die Küche und holte eine Schere. »Ich habe im Fernsehen letzte Woche gesehen, wie man einen Bob schneidet«, sagte sie zu Cindy, die von der Vorstellung, Natachas Haare abzuschneiden, wie gelähmt war. »Du machst mir einen lockeren Pferdeschwanz und schneidest alles unter dem Gummi ab.«

Es geschah nach Natachas Wunsch. Dann kämmte sie sich einen Zickzackscheitel auf der Seite und fand das Ergebnis entzückend. Cindy war sprachlos. Ihre neue, kükenblonde Mähne war nichts im Vergleich zu der spektakulären Verwandlung, die sich vor ihren Augen vollzog.

Natacha war inzwischen total aufgeputscht. Es war wie eine befreiende Inbrunst. Mit derselben Schere schnitt sie die Ärmel des blauen Pullovers ab, den sie seit Monaten wie eine Uniform getragen hatte. Er stammte, wie der Rest ihrer Sachen, von der Wohlfahrt und war anständig, aber altmodisch. Mit perlmuttfarbenen Plastikperlen bestickt.

»Hilf mir, Cindy. Wir machen die Perlen ab. Das ist total out.«

Sie weiteten auch den Ausschnitt. Kürzten den einzigen schwarzen Rock, den sie immer anhatte. Nähten mit der Hand die nötigen Säume. So gekleidet, frisiert und geschminkt, befand Natacha vor dem Spiegel, in dem auch Cindy sie anstarrte, dass sie es für den Augenblick dabei belassen könnte. »Das ist noch nicht nachher, aber es ist schon nicht mehr vorher«, dachte sie.

»Die werden vielleicht gucken morgen in der Schule«, sagte Cindy, als sie in dem Bett lagen, in dem Natacha noch zwei Wochen zuvor neben ihrer Mutter geschlafen hatte.

»Ich gehe nicht mehr hin«, sagte Natacha.

»Im Ernst?«, fragte die Freundin, plötzlich überfordert von so viel Unabhängigkeit, zusammengekauert wie ein kleines Mädchen und sogleich von der bloßen Vorstellung gelähmt, beim Abi durchzufallen.

»Ja«, sagte Natacha ungerührt. Und in Gedanken fügte sie hinzu: »Ich bin volljährig und geimpft.«

Ehrlich besorgt, rief Catherine Tournant Natacha an, sobald sie begriffen hatte, dass sie ausgestiegen war. Sie wollte das Mädchen auf die Schulbank zurückholen und ihm eine Hypothek für die Zukunft ersparen. Trotz des augenfälligen Dementis, das die ständig wachsende Zahl von Arbeitslosen mit einem ordentlichen Abschluss darstellte, konnte sie sich keinen anderen Weg zum Erfolg vorstellen. Wie hätte sie das auch akzeptieren können? Wie hätte sie sonst ruhigen Gewissens ihre Arbeit fortsetzen können? Sie lud sie mehrmals zu sich ein, weil sie hoffte, das Gespräch mit einer Autoritätsperson würde Natacha in eine Aufwärtsspirale von der Annahme der Einladung zum Abendessen bis zum Erfolg im Abitur katapultieren. Sie rief fast täglich an, und nach einigen Tagen gingen Natacha die Ablehnungsgründe aus, weshalb sie widerwillig zusagte. Sie hatte nicht die geringste Lust, Madame Tournant zuzuhören, die versuchen würde, sie zur Rückkehr an die Schule und zum Abitur zu überreden. Sie hatte auch keine Lust darauf, wegen ihres traurigen Schicksals als Waisenkind bemitleidet zu werden.

Es gab allerdings doch etwas, worauf sich Natacha sehr freute, nämlich auf den damit verbundenen Besuch in Paris. Natürlich hatte sie die obligatorischen Klassenausflüge mitgemacht, Louvre, Beaubourg, Notre-Dame und Île de la Cité, aber allein war sie noch nie dort gewesen. Es war wie ein Spiel, mit dem Vorortzug RER zu fahren, ohne zu bezahlen, und dann anhand des Zettels mit der Adresse die Wohnung im 10. Arrondissement zu suchen. In der Haut eines frischgebackenen Detektivs verspürte Natacha, als sie am Bahnhof von Aulnay-sur-Bois über das Drehkreuz des RER sprang, den gleichen Rausch, wie er sie gepackt hatte, als sie begriff, dass ihre Mutter tot war. Sie erlebte etwas Außergewöhnliches, und dieses Bewusstsein verlieh ihrer Wahrnehmung scharfe, kalte Konturen.

Das Zugabteil war fast leer. Natacha setzte sich auf einen roten Kunstledersitz, legte den Arm auf das Fensterbrett und sah die Landschaft vorbeiziehen. Bescheidene Einfamilienhäuschen, die sie erbärmlich fand, Lagerhallen und Sozialbauten. Natacha schwebte ein paar Meter über dem Boden, sie gehörte nicht zu dieser Elendswelt. Nicht mal die Bruchbuden neben den Brückenpfeilern der Autobahn am Stade de France rührten sie. Sie identifizierte sich nicht mit diesem Leid, sah sich nicht in so einer heruntergekommenen Zukunft, einer gescheiterten Existenz. Sie wusste, dass sie die *Cité des 3000* verlassen würde. Und dass es ein richtiges Nachher geben würde.

In der Gare du Nord lief sie die kaputte Rolltreppe zur Kreuzung Magenta hoch und trat auf die Straße. Sie war erleichtert, das aufgeladene Bahnhofsumfeld zu verlassen, wo die Männer, die sich mit allen möglichen Geschäften abgaben, sie an die in der *Cité* erinnerten. Sie zog unwillkürlich an ihrem Rock, der zu kurz für solche Orte war, das spürte sie an den Blicken. Dann ging sie über die Industriebrücke, die sich über die Gleise der Gare de l'Est spannte, und weiter bis zum Faubourg Saint-Martin. Als sie auf einem Schild den Straßennamen las, stellte sie fest, dass sie fast bei Madame Tournant angekommen war, und wunderte sich, dass ihre Lehrerin in so einem unattraktiven Viertel wohnte. Natacha sah in ihr eine echte Pariserin, die sie sich in einer vornehmen Avenue, nicht in einem hinter der Gare de l'Est eingeklemmten Haus aus den 1960ern vorstellte.

»Es wird ein Nachher geben«, wiederholte sich Natacha Jackowska ein letztes Mal etwas verwirrt und klingelte an der Sprechanlage, als ließe sich dieser Satz jetzt auch auf ihren Besuch anwenden, ja, es gab eine Verwandlung und eine bessere Zukunft, und sie beschwor mit dieser Gewissheit das Schicksal, das all den Existenzen auferlegt war, die zu glanzlos waren, um glücklich zu sein.

»Ich bin volljährig und geimpft.«

»Du siehst wirklich toll aus mit den schwarzen Haaren«, sagte Madame Tournant zur Begrüßung. »Ich hätte dich fast nicht erkannt.«

Instinktiv spürte Natacha die Zweischneidigkeit dieses Kompliments. Sie verschloss sich innerlich und sagte höflich danke. Madame Tournant hatte ein Tablett nach russischer Art mit Gläsern und Cornichons auf den kleinen Tisch gestellt.

»Ich habe an deine slawische Herkunft gedacht«, erklärte sie aus Sorge, Natacha könnte beim Anblick dieses einfachen Aperitif-Tabletts nicht die dahintersteckende gute Absicht erkennen. »Bitte setz dich doch. Willst du einen Orangensaft?«

Natacha setzte sich auf das kleine Sofa einem leeren Sessel gegenüber, aber Madame Tournant, die sich einen Schluck Wodka in ihrem Orangensaft zugebilligt hatte, um sich Mut zu machen, setzte sich neben sie auf das Sofa, vielleicht zu dicht für das Mädchen, das nicht an solche Nähe gewöhnt war. Verlegenes Schweigen, das Natacha bestimmt nicht brechen würde, ließ sie einen Moment erstarren. Die Lehrerin beendete es und setzte zu der langen Aufzählung von Ratschlägen und Vorwürfen an, die Natacha von Anfang an gefürchtet hatte.

»Du musst wieder in die Schule kommen und dein Abi schaffen. Alle machen sich große Sorgen um dich. Denk doch an deine Zukunft. Du willst doch nicht von Sozialhilfe leben, oder? Deine Klassenkameraden fragen mich jeden Tag, ob ich was von dir gehört habe. Cindy weiß auch schon nicht mehr, was sie ihnen sagen soll.« Sie holte kurz Luft, nahm einen Schluck Wodka Orange und fuhr fort: »Warst du bei der Sozialarbeiterin? Wie steht es mit deiner Wohnungssuche? Ich dachte, ich könnte mal in der Schule für dich rumfragen. Sag mir, wenn du etwas brauchst.« Wenn es nötig war, setzte sie eine den Umständen entsprechende betrübte Miene auf: »Wie erträgst du die Trauer um deine Mutter? Möchtest du lieber, dass man dich erstmal eine Weile in Ruhe lässt?« Dann wurde sie wieder streng: »Versprich mir, dass du die Schule nicht aufgibst. Vergeude deine Zeit nicht mit dummem Zeug. Das Aussehen ist nicht alles für ein Mädchen.«

Catherine Tournant stand auf, goss sich Wodka ein und fuhr mit ihrer Litanei fort. Sie war zu bewegt, um zu merken, dass sie einen Monolog hielt, zu fest von ihrem Wertesystem überzeugt, um zu registrieren, dass sie Natacha mit ihrem Gerede unterwegs verloren hatte, anstatt sie zu überzeugen. Ihr fiel auch nicht auf, dass sie sich mit ihren »zwei Fingern« Wodka Mut machte, weil sie die Andersartigkeit von Natacha Jackowska, der jungen Polin ohne Familie und ohne Geld, ängstigte. Sie war nie in den Siedlungen gewesen, in denen ihre Schüler wohnten. Als sie einmal während eines RER-Streiks mit dem Bus durch eins dieser Viertel gefahren war, war sie entsetzt über die verfallenen Gebäude und die verwahrlosten Gärten, Brachen aus Erde und Staub. Das war nicht ihre Welt. Auch wenn sie in Seine-Saint-Denis arbeitete, auch wenn sie von ihren Pariser Freunden, die sich nie über den Stadtautobahnring hinaus wagten, dafür gerühmt wurde und als moderne Missionarin angesehen wurde, hatte sie diese Welt nie zu sich nach Hause eingeladen. Sie blieb eine Abstraktion.

Aber dann kam der Tod von Natachas Mutter. Und Catherine fühlte sich angesichts des Trauerfalls, der ihre Schülerin traf, ausgesprochen unwohl.

Natacha saß mit konzentrierter Miene vor ihr. Sie hatte ihren Orangensaft nicht angerührt und tat, als hörte sie zu, war aber mit anderen Dingen beschäftigt. Sie sah sich alles an. Kein Detail entging ihr. Madame Tournant wohnte in einer kleinen Zweizimmerwohnung, ihr Wohnzimmer war in drei enge Bereiche geteilt, die Sitzecke, die Essecke und die Arbeitsecke. Die Wohnung war sehr aufgeräumt. Ein Bücherregal bedeckte eine ganze Wand. Auf dem Schreibtisch stand ein Apple-Computer. Einige bestimmt von Reisen mitgebrachte Gegenstände standen zwischen den Büchern. Ein Flachbildfernseher und eine Hi-Fi-Anlage in einer Ecke vervollständigten das Ganze. Alles nicht sehr bemerkenswert. Wie sah das Leben der Lehrerin wohl aus? Das blieb für Natacha im Dunkeln.

Madame Tournant fuhr fort: »Wenn du willst, kann ich dir Bücher borgen. Du könntest einmal in der Woche zum Arbeiten herkommen. Ich werde dir bei der Abiturvorbereitung helfen. Du kannst nicht so kurz vor dem Ziel alles fallenlassen. Man muss immer abschließen, was man begonnen hat. Glaub mir, später wirst du es bedauern. Du bist ein intelligentes Mädchen.«

Natacha brauchte eine Pause. Sie entschuldigte sich und fragte nach der Toilette.

»Kümmere dich nicht um die Unordnung«, antwortete Madame Tournant und wies auf die Badezimmertür. »Meine Wanne ist undicht. Ich musste alles wegräumen. Seit zwei Wochen warte ich auf den Klempner. So läuft das eben. Man denkt, man hat alles in der Hand, und am Ende geht alles schief. Ich sage es dir. Du solltest auf mich hören. Ich weiß wahrhaftig nicht alles, aber ich bin dreißig Jahre älter als du. Die Erfahrung hat auch ihr Gutes.«

Selbst durch die Tür hörte Natacha noch den gedämpften Klang der Stimme. Sie schaute sich im Spiegel an, fand sich hübsch. Sie öffnete den Badschrank, untersuchte die Schönheitsprodukte, entdeckte eine Puderdose nach ihrem Geschmack und steckte sie in dic Tasche. Dann zog sie die Spülung, ging zurück ins Wohnzimmer und setzte sich wieder auf das Sofa.

»Hast du *Du hast das Leben noch vor Dir* gelesen? Bei dem Titel muss ich immer an dich denken. Wenn du nur mal überlegen würdest. Verdirb dir nicht alles. Ich bin deine Freundin, Natacha. Du kannst mir vertrauen. Sieh nicht zu Boden. Sei nicht schüchtern. Du kannst mich ansehen, wenn ich rede, hörst du?«

Natacha traute sich nicht zu antworten, dass ihre Französischlehrerin ganz sicher nicht ihre Freundin sein könne. Für Natacha entwickelte sich eine Freundschaft mit der Zeit, ohne Worte. Das war nicht etwas, was man ganz allein und einseitig beschloss und dann verkündete, damit der andere es glaubte. Sie verstand nicht, warum sich Madame Tournant so für sie interessierte, und empfand selbst keine besondere Neugier für diese Frau.

Eingequetscht auf dem purpurroten Samtsofa, dem einzigen auffälligen Element in der Dekoration des Zimmers, erinnerte sie sich nicht ohne Verlegenheit an die ersten Französischstunden im letzten Jahr, nach denen sie verkündet hatte, von Madame Tournant werde ihr schwindlig, Madame Tournis, Madame Drehwurm, das war natürlich als Spitzname an ihr hängengeblieben. Plötzlich fand sie es absolut ungehörig, auf demselben Sofa wie Madame Drehwurm zu sitzen, was die Lehrerin noch merkwürdiger aussehen ließ, als Natacha ihr endlich in die Augen schaute. Catherine Tournant legte die Hand auf Natachas Schenkel, schien etwas zu erwarten, sah geradezu traurig aus. Natacha, die nicht genau wusste, was diese Geste bedeuten sollte, stand einfach auf und verließ ohne ein Wort die Wohnung, ließ ihre Gastgeberin allein und enttäuscht mit einem Abendessen für zwei zurück.

Was Catherine Tournant am übernächsten Morgen widerfuhr, war dazu angetan, den ruhigen und gleichmäßigen Lauf ihrer ganzen Existenz zu stören. Die Sätze, die sie vernahm, standen in krassem Gegensatz zu dem Leben, das sie bisher geführt hatte. Während sie sich anhörte, was Monsieur Lavoisier, der Schulleiter, ihr zu sagen hatte, ertappte sie sich dabei, voller Vorfreude dem Rentenalter entgegenzusehen und sich zu fragen, ob es ihre Pension sehr mindern würde, wenn sie noch am selben Tag aufhörte zu arbeiten, wo sie doch bisher nie ohne Beklemmung an das Ende ihrer Berufstätigkeit gedacht hatte.

»Ich bin fünfzig Jahre alt«, entgegnete sie dem Schulleiter, der zehn Jahre jünger war als sie. »Man hatte mir noch nie das Geringste vorzuwerfen.«

Dann verstummte sie. Die gegen sie erhobene Anschuldigung verdiente es nicht einmal, dass sie sich rechtfertigte! Sie fand es sogar absolut ungehörig, dass dieser Grünschnabel von Schulleiter es wagte, sie zu belästigen, um sie über die beleidigenden Gerüchte zu informieren, die seit dem Vortag kursierten. Und noch ungehöriger, dass er sie übermittelte, ohne sie abzuschwächen.

»Ich kann mir nicht vorstellen, dass Sie diesen Verleumdungen Glauben schenken«, erklärte sie noch.

Der Direktor sah aus wie ein ertappter Schuljunge. Sie redete weiter in dem strengen Ton, den sie sich in ihrer langen Lehrerinnenkarriere angewöhnt hatte, diesem berühmten Ton, der keinen Widerspruch duldete und alle sagen ließ, dass sie ihre Klasse im Griff habe.

»Ich habe mich um Natacha gekümmert, weil die Behörden es unterlassen haben. Das können Sie mir gern vorwerfen. Was das andere angeht«, sie war außerstande, die Worte des Direktors zu wiederholen, »so hatte man mir in meiner ganzen Karriere niemals die geringste Zweideutigkeit vorzuwerfen. Unseren Einfluss auf die Schüler für andere als pädagogische Zwecke auszunutzen, ist etwas, was meine Moral missbilligt und mein Verstand verurteilt.«

Sie hielt inne, plötzlich erschöpft von ihrem Plädoyer, und versuchte auf dem Gesicht des Schulleiters die Wirkung der wohlgewählten Worte zu lesen. Sie fühlte sich winzig in dem tiefen Sessel. Er antwortete nicht.

Sie meinte sogar eine Spur von Mitleid in seinem Blick zu erkennen. Also erklärte sie in einem letzten Aufbäumen: »Ich muss jetzt gehen. Meine Schüler erwarten mich, und wie Sie wissen, dulde ich in meiner Klasse keinerlei Verspätung.«

Catherine ging durch die leeren Schulflure, und ihr wurde bewusst, dass ihr das, seit sie siebzehn Jahre zuvor hier angekommen war, nie passiert war. Sie verbrachte ihre Leerstunden meistens damit, im Lehrerzimmer mit Kollegen zu plaudern oder im benachbarten Raum ihre Kopien für die nächste Woche zu machen.

Sie hörte das Summen der Schulklassen hinter den verschlossenen Türen, die hochtrabende Intonation ihrer Kollegen; lächerlich, als sähen sie sich auf einer Bühne. Sie fühlte sich im Schulflur noch kleiner als eben im Sessel, ja, geradezu winzig auf dem himmelblauen Linoleum, zwischen den mandelgrün gefleckten, von dunkelblauen Türen unterbrochenen cremefarbenen Wänden. Sie bedauerte die architektonische Mittelmäßigkeit dieser Einrichtung, deren Gestaltung sie doch stets vor den Schülern gerühmt hatte, um sie davon abzuhalten, etwas zu beschädigen. Sie staunte, sich dort zu sehen, Catherine Tournant, in hellgrauem Kostüm, weil die trübe Jahreszeit nahte, die große schwarze Ledertasche in der Hand, die ihre Gestalt und ihre Wirbelsäule verunstaltete. Sie wurde wieder zur Sechstklässlerin, voller Angst bei der Vorstellung, den Klassenraum zu betreten.

Sie blieb stehen. Der Unterricht der 12L fand eine Etage weiter oben statt. Sie stellte sich vor, wie die Schüler ratlos vor der Klassentür standen. Madame Tournant kam nie zu spät. Keine Fehlstunde in siebzehn Jahren. Ein braver kleiner Soldat, Madame Drehwurm. Sie dachte ohne Wut an diesen Spitznamen, den ihr die Schüler seit Ewigkeiten gaben. Jedes Jahr gab es einen kleinen Schlaukopf, der sich einbildete, ihn erfunden zu haben. Aber sie lebte schon sehr lange damit. Sogar schon vor ihrer Berufstätigkeit. Seit der Kindheit. Seit ihrem Schulanfang in der Grundschule von Aillant-sur-Tholon. Mit fünf Jahren hatte sie entdeckt, dass der Name Tournant zum Lachen war.

Sie rührte sich nicht.

Dann machte sie plötzlich kehrt, ging hinunter ins Erdgeschoss, durchquerte das große Foyer unter den schmutzigen Fenstern und der Galerie mit abgeplatzter Farbe und verließ das Gebäude.

Zum ersten Mal im Leben schwänzte sie die Schule.

Sie ging zu Fuß über den Parkplatz neben dem Schulgelände, eine Abkürzung zum Bahnhof. Sie bemerkte die Überreste der beiden verbrannten Autos, die seit Monaten dort standen, und die rassistischen Graffiti an der Betonwand. »Jeden Tag gehe ich hier vorbei«, sagte sie sich. »Ich ertrage diese Hässlichkeit für die Kinder, und dann passiert so etwas.« Sie lief an der *Résidence des Tilleuls* entlang, deren Fassade aus orangen, braunen und gelben Metallplatten mit einem großen Netz bespannt war, weil sich einige aus ihrer rostigen Befestigung lösten. Trotzdem hatte jeder Balkon seine Satellitenschüssel. »Jeden Tag kämpfe ich gegen das Fernsehen, die Phrasen, die Vorurteile und die Unbildung«, dachte sie noch. »Und was ist das Ergebnis?«

Auf dem Bahnsteig las Catherine, dass der Zug eine Verspätung von 22 Minuten haben würde. »Jeden Tag die Linie B. Jeden Tag die Fahrt durch die trostlosen Vororte.« Sie ließ allmählich die objektive Bilanz der Situation in ihr Bewusstsein dringen. Seit sie 1994 in dieses Departement versetzt worden war, hatte sie ihren Widerwillen unterdrückt. Sie hatte sich gezwungen, ihre Befürchtungen zu ignorieren und das Grauen vor dieser Umgebung zu zähmen, um ein erträgliches Dasein zu haben. Sie hatte sich eingeredet, sie sei versnobt, sie könne ruhig ein bisschen dafür bezahlen, in Paris intra muros zu wohnen, indem sie in

Aulnay-sous-Bois arbeitete. Außerdem waren da noch die Schüler. Für sie hatte sie diesen Beruf gewählt, den sie liebte.

Auf dem Bahnsteig knickte jedoch ein Argument nach dem anderen ein, wie die Balken eines Dachstuhls, den ein Brand zerstört. An ihrer Stelle sah sie nur Verzweiflung.

In dem Zug, der sie zu einer Zeit, die gar nicht in ihren üblichen Tagesablauf passte, endlich nach Paris brachte, stellte Catherine fest, dass sie Natacha nicht böse war. Sie hatte nicht mal daran gedacht, die gestohlene Puderdose zu erwähnen, als sie vor dem Schulleiter gesessen hatte. Eigentlich war sie niemandem böse. Höchstens sich selbst. Weil sie sich ziemlich naiv, ja geradezu blöd fand.

Sie hatte sich immer gegen voreilige Urteile über Beamte gewehrt und ihr Leben lang darum gekämpft, das Image ihres Berufes aufzubessern. Nun verlor sie den Mut. Die Institution hatte sie fallenlassen. Dieser allzu fette Mammut, wie ein Minister gesagt hatte, diese große, unmöglich zu reformierende Maschine, von der alle Welt nur Schlechtes sagte, die jedoch Jahr für Jahr Hunderttausende Schüler und Bürger formte und in der sie zuhause war. Sie hatte nichts zu erwarten.

Als sie an der Gare du Nord ankam, entspannte sie

sich ein wenig. Wenn sie hier jeden Morgen nach Aulnay abfuhr, sich unter Schmerzen von Paris losriss, übertrat sie eine Schwelle, eine Grenze, jenseits derer sie unendlich verletzbar war. »Und jetzt?«, fragte sie sich, während sie mit energischem Schritt durch die Pariser Straßen lief. »Was mache ich jetzt?«

Natacha, nunmehr von jedem Zeitplan befreit, genoss ihren Tag. Sie saß in der Menge auf einer Stufe aus glattem, kaltem Stein am Rand der Esplanade du Trocadéro. Ein paar Meter hinter ihr präsentierten athletische Typen ihre Hip-Hop-Choreografie vor begeisterten Schaulustigen. Jeder produzierte sich mit seiner Lieblingsnummer, und der im Gehäuse des Ghettoblasters pulsierende Beat bohrte sich in Natachas Ohren. Sie mochte diese Musik nicht, ließ sich aber von der urbanen Energie erfassen und ihr Herz unterwarf sich ihrem Rhythmus.

Das Hämmern verjagte alle Gedanken, die sie hätten beschäftigen müssen. Sie hatte an diesem Tag die Schlüssel ihrer Wohnung abgegeben, und die Sozialarbeiterin hatte immer noch keine Unterkunft für sie gefunden. Dann hatte Natacha den Rest des Geldes vom Sozialamt ausgegeben. Sie hatte sich Absatzschuhe und moderne Klamotten gekauft, sich geschminkt und mit der gestohlenen Puderdose gepudert und war anschließend lange durch die Straßen von Paris gelaufen. »Ich habe bestimmt Blasen«, sagte sie sich, »meine Füße tun jedenfalls weh, aber das ist mir egal. Ist jetzt nachher?«

Von der sinnlichen Macht der Musik überwältigt, ließ sie sich nach hinten fallen. Sie drückte den Rücken gegen den kalten Stein, schloss die Augen und zog sich in sich selbst zurück, allein, aber voller Vertrauen. Sie hörte alle Sprachen, Englisch, Chinesisch, Deutsch, Russisch. Sie fand in diesen Klängen etwas Sanftes und Erotisches, während sie dort auf der Esplanade halb liegend in ihren Träumereien versank. Vielleicht würde einer der Tänzer sie mögen, wer weiß? Vielleicht würde sie einen Millionär treffen, der sie weit von Aulnay wegbringen würde, wohin sie sowieso nie wieder den Fuß setzen würde?

Sie richtete sich auf und öffnete die Augen. Alle diese Leute hatten den gleichen Reflex gehabt wie sie. Aus allen Ländern der Welt, aus allen Regionen Frankreichs, aus allen Vororten und aus allen Vierteln von Paris strebten sie zu diesem Punkt. Der Eiffelturm in Reichweite. Natacha betrachtete ihn lange. Sie hatte ihn natürlich schon gesehen, aber noch nie wirklich betrachtet und war überrascht von den Details des Metallgeflechts, von den feinen Ornamenten und der

Anmut der Linien. Sie hatte bei Madame Tournant gelernt, dass der Eiffelturm abgerissen werden sollte und im letzten Moment als Antennenmast erhalten blieb. Und jetzt thronte er da, mächtig und erhaben. Herrschte über Paris, Frankreich und die Welt.

Natacha ließ die tröstliche Präsenz des hundertjährigen Monuments auf sich wirken. Ganz oben auf dem Turm stand zwar ein Sender, aber er war nicht der Grund für den Bau gewesen. Nein, der Eiffelturm war für sich selbst errichtet worden, in einem Akt sinnloser Verrücktheit, bei dem man sich fragte, wieso er die allgemeine Zustimmung erhalten hatte. Und genau diese unnütze Maßlosigkeit machte seine Schönheit aus. »Der Eiffelturm ist zu gar nichts nütze«, sagte sich Natacha, »deswegen ist er so schön.«

Zufrieden mit sich und ihrer Überlegung stand sie auf, ging zu dem Eisverkäufer und zählte unterwegs ihr restliches Geld. Vier Euro fünfzig. Genau der Preis für eine Waffel mit Pistazieneis. Sie lächelte über diesen Zufall, freute sich darauf, sich dieses Ausscheren, diese Abweichung von ihrer ewigen Diät zu genehmigen.

»*Ice-cream*?«, fragte der Verkäufer, »*Waffles*? *Coke*?«

Offensichtlich sah Natacha wie die Touristen um sie herum aus, als käme sie von weit her. In gewissem Sinne stimmte das. Andererseits gehörte sie jetzt, so völlig mittellos, mehr denn je zu dieser Stadt.

»Sie können Französisch mit mir sprechen«, antwortete sie dem Eisverkäufer fröhlich. »Ich bin Pariserin, volljährig und geimpft.«

Was für ein lächerliches Pseudonym«, dachte Catherine Tournant und klickte einen gewissen »Top50« an, einen Fünfzigjährigen »auf der Suche nach Liebe« bei der Online-Dating-Plattform, wo sie angemeldet war. Seit ihrer Jugend hasste sie schlechte Wortspiele. Dieser Humor war zu klein für sie. Mit dem Abi in der Tasche hatte sie Auxerre verlassen, die Vorbereitungsklasse absolviert und in Paris zweimal vergeblich die Aufnahmeprüfung für eine der Elitehochschulen gemacht. Zwar musste sie diese Hoffnung dann aufgeben, aber sie hatte ihr Studium in der Hauptstadt erfolgreich abgeschlossen. Auch wenn also »Top50, reise- und leselustiger Manager mit angenehmem Äußeren« ebenso viel Aufmerksamkeit wie jeder andere Kandidat verdient hätte, schloss sie ihn von vornherein aus, bevor sie auch den Rest auf der Liste mit einer einfachen Bewegung ihrer neuen kabellosen Maus in den Papierkorb schob.

Sie amüsierte sich kurz über den sympathischeren

»Alten Geizkragen«, aber er suchte eine Beziehung ohne intellektuelle Komplikationen, was sie sofort abkühlte, wo sie doch so großen Wert auf ihren Status als Intellektuelle legte. Am liebsten hätte sie einen neuen Kreuzzug angezettelt, um diesem Wort seinen Glanz zurückzugeben, denn sie verstand nicht, dass die jungen Leute das Wort zunehmend als Verunglimpfung benutzten. Dass man sich seines schulischen Erfolgs schämte und dass sogar das Staatsoberhaupt die Lektüre der Klassiker verunglimpft hatte, versetzte sie in Wut. Sie fühlte sich davon jedes Mal persönlich angegriffen.

»Ich bin eine schrullige Alte«, sagte sich Catherine oft, wenn sie sich in ihrer Zeit fehl am Platze fühlte. Da sie ihr Leben lang mit Teenagern gearbeitet hatte, sah sie es natürlich als Ehrensache an, den technischen Fortschritt zu beherrschen, wodurch sie, wie sie glaubte, auf der Höhe der Zeit blieb. Aber alles, was sie liebte und was ihrem Leben einen Sinn gab, verschwand schneller als die bedrohten Tierarten in der weltweiten Umweltkatastrophe. Sie begeisterte sich an Büchern, richtigen Büchern, dem zarten Geruch neuer Bände und dem berauschenden Duft der Originalausgaben, die sie bei den Buchhändlern am Seine-Quai fand. Sie besuchte die Museen wegen der Kunstwerke, nicht nur wegen der Museumsshops. »Ich bin auch dabei auszusterben«, sagte sie sich manchmal, »vielleicht bin ich ein Dinosaurier.«

So also schweiften ihre Gedanken ab, sie hatte Mühe, die Angebote auf der Website wahrzunehmen, als sie plötzlich mit dem Cursor bei einer frappierenden Anzeige hängenblieb, die in jeder Hinsicht zu passen schien. Bertrand P. hatte ebenso wie sie kein Pseudonym gewählt, was bedeutete, dass er sich vor niemandem versteckte. Sie hatte nicht die geringste Lust, Geliebte eines verheirateten Mannes zu werden, der seine Spuren verbarg, um nicht von der legitimen Gemahlin entdeckt zu werden. Bertrand P. war ein »gutaussehender graumelierter Mann«, zwei Jahre älter als sie. »Geschieden, zwei erwachsene Kinder. Sucht die Liebe, um die wunderbaren Momente des Daseins zu teilen. Begeisterung für Künste und Literatur. Einfach und aufmerksam.«

Sie klickte auf »mehr Details«, gab ihre Mitgliedsnummer ein, wurde durch ein sich öffnendes Fenster informiert, dass ihr Konto aktuell sei, dann erschien die gesamte Anzeige von Bertrand P. Catherine spürte kindliche Aufregung in sich aufsteigen, als sei sie im Begriff, ein Geschenk auszupacken. Die Intensität dieser köstlichen Erwartung verstärkte sich, als sie feststellte, dass Bertrand P. gerade online war. Sie holte tief Luft, stand auf und wandte sich vom Schreibtisch ab, um diesen prickelnden Augenblick in die Länge zu ziehen.

Catherine ging in die Küche, wo sie den Wasserkocher einschaltete. Während sie kochendes Wasser auf ihr Tee-Ei goss, das mit Lapsang Souchong aus dem *Palais des Thés* im Marais gefüllt war, fiel ihr ein, dass sie schon drei Tage nicht mehr in der Schule gewesen war. Nach dem Gespräch im Büro des Schulleiters hatte sie ihren Hausarzt aufgesucht. Als sie vor ihm in Tränen ausgebrochen war und ihre Geschichte erzählt hatte, wollte er sie für zwei Wochen krankschreiben. Sie wollte höchstens eine Woche, weil sie sich schämte, ihre Schüler im Stich zu lassen, aber er hatte sie überredet, einmal loszulassen. Dann war sie nach Hause gegangen, hatte ihren nagelneuen Mac geweckt, indem sie auf die Leertaste drückte, und sich auf die Suche nach einer verwandten Seele gemacht.

Nachdem sie ihren Tee getrunken hatte, kehrte sie ins Wohnzimmer und zu ihrem Computer zurück, auf dem jetzt sorgfältig ausgewählte Urlaubsfotos als Bildschirmschoner vorbeizogen. Mit einem Kribbeln im Bauch setzte sie sich und bewegte den Cursor, um auf die Seite zurückzukehren. Dann, nach kurzem Zögern, loggte sie sich aus. Wieder einmal. Zum hundertsten Mal.

Jedes Mal, wenn die Melancholie sie überwältigte, verjagte sie sie, indem sie auf den Dating-Plattformen surfte, die voll glücklicher Verheißungen waren. Dennoch hatte sie keinem virtuellen Bewerber je die geringste Chance gegeben, zu verschreckt von der Selbstvermarktung, die die Online-Verführung verlangte, und voller Angst bei der Vorstellung, die Herrschaft über ihr Selbstbild zu verlieren. Sie hatte Freundinnen, die auf diese Weise Liebhaber gefunden hatten, eine von ihnen lebte jetzt mit einem Mann zusammen, den sie im Internet kennengelernt hatte. Catherine verurteilte sie nicht, ja beneidete sie sogar ein bisschen, konnte sich aber selbst nicht dazu durchringen. »So lernt man keine Leute kennen«, sagte sie sich wieder einmal. »Wie soll ich vorher wissen, ob ich Zuneigung für ihn empfinde? Wie kann ich wissen, dass er nicht nur ein Abenteuer sucht?«

Sie trat an die Glastür ihres winzigen Balkons. Von der siebenten Etage hatte sie einen malerischen Blick auf die zink- oder schiefergrauen Dächer von Paris und die wie Wachposten aufgereihten zylindrischen Schornsteine aus orangem Backstein. Über ihre Wange rann eine Träne, die sie mit dem Fingerrücken wegwischte. Seit ihrer Scheidung, die undenkliche Zeiten zurückzuliegen schien, und dem Auszug ihrer Tochter vor vier Jahren kam das gelegentlich vor.

Für einen Moment spürte sie die Versuchung, Paris zu verlassen und ein oder zwei Nächte auf dem Land, in ihrem Sommerhaus in der Yonne zu verbringen. Sie fuhr immer seltener hin, weil sie das Haus zu groß für sich allein fand. Die Spuren des fröhlichen Lebens, das dort einst geherrscht hatte, machten sie traurig. Sie würde nicht fahren.

»Das ist der Preis«, sagte sie sich. »Paris, die Kultur, in Ordnung. Aber ich bin allein …«

Wie verstehen Sie nach der Lektüre der *Odyssee* den berühmten Alexandriner von Joachim Du Bellay: *Glücklich wer wie Odyss' weit gereist, viel gesehn*?«

Catherine war zufrieden mit dem Thema der Hausaufgabe, die ihre Schüler vor dem Tag des »Zwischenfalls« abgegeben hatten, weil sie meinte, sie könnten ihre Kenntnis des Werkes und persönliche Gedanken verbinden. Allerdings hatte sie nicht mit Cindy Pruvot gerechnet. Cindy rühmte in ihrer Arbeit die Trümpfe des Tourismus am Mittelmeer und die begeisterten Urlauber. Catherine saß ratlos an ihrem Küchentisch, verpasste ihr die Note 6 von 20 und folgenden Kommentar: »In Homers Griechenland gab es noch keine Reisebüros.« Die lakonische Bemerkung klang in ihren Ohren etwas schroff, würde aber von der Schülerin vermutlich nicht so verstanden werden.

Sie hielt einen Moment inne, legte den roten Stift beiseite und fragte sich, ob es sich lohne, Stunden auf diese

Kontrolle zu verwenden, obwohl sie sich nicht vorstellen konnte, irgendwann in ihre Schule zurückzukehren. Außerdem ermüdete sie der Krach. Sie saß nicht wie üblich an ihrem Schreibtisch, um die Arbeiten zu korrigieren, weil nur eine dünne Wand das Wohnzimmer vom Bad trennte, wo die Klempnerarbeiten endlich begonnen hatten. Seit dem Vortag machte sich Dimitri Diop dort zu schaffen und verursachte ziemlich viel Lärm. Er hatte die kaputte Badewanne ausgebaut, die Wandkacheln abgerissen, Säcke mit Schutt hinausgetragen und war jetzt dabei, die Leitungen für die neue Kunstharzwanne mit Massagedüsen neu zu verlegen, deren Versuchung Catherine nicht hatte widerstehen können. Sie fand die Gesamtkosten für die ganze Installation viel zu hoch, aber Dimitri Diop war nur ein Angestellter von La Plomberie Parisienne, weshalb sie es sich verbot, ihren Ärger an ihm auszulassen. Sie war sogar betont freundlich zu dem jungen Mann, der höchstens fünfundzwanzig, dreißig sein konnte und sie an ihre Schüler erinnerte. Am Morgen hatte sie extra einen Joghurtkuchen gebacken, um ihm zur Kaffeezeit ein Stück davon anzubieten.

Weil es schon fast siebzehn Uhr war, holte sie sich im Badezimmer etwas Trost. »Geht es voran?«, fragte sie den Klempner aufmunternd.

»Ja, Madame«, antwortete er nur.

»Ich bitte Sie, nennen Sie mich nicht Madame, nennen Sie mich Catherine«, sagte sie lächelnd.

»Ja, Madame«, antwortete Dimitri Diop automatisch. »Entschuldigen Sie, Madame, aber ich bin es nicht gewöhnt, mit den Kunden …«

Catherine schwieg einen Moment. Sie war Handwerker auch nicht gewöhnt. In dem fensterlosen Badezimmer war es so heiß geworden, dass der hart arbeitende Mann sein T-Shirt ausgezogen hatte und jetzt mit nacktem Oberkörper schwitzend im Staub stand. Catherine bemerkte unweigerlich seine vor Anstrengung gespannten Muskeln, die sie sogleich an andere Aktivitäten als die der Klempnerei erinnerten. »Dieser Junge ist wie geschaffen für die Liebe«, dachte sie. »Glücklich die Frau, die ihn bekommt.« Etwas verlegen fuhr sie fort: »Sie sollten eine Pause machen, Dimitri. Kommen Sie in die Küche einen Kaffee trinken.«

Dimitri Diop zog sein T-Shirt wieder an, was sie unwillkürlich bedauerte, aber höflich und vernünftig fand. Er trank seinen Kaffee in einem Zug aus und nahm gern ein Stück Kuchen, auch ein zweites.

»Es macht Freude, Sie mit so viel Appetit essen zu sehen«, sagte Catherine. Um liebenswürdig zu sein, bediente sie sich eines der Gemeinplätze, die sie ebenso verabscheute wie schlechte Wortspiele. Sie stellte überrascht fest, dass sie aufgeregt war wie ein junges Mädchen, ganz und gar im Bann von Dimitris Männlichkeit. Natürlich kontrollierte sie ihre Haltung perfekt. Ihre Gedanken ließen sich jedoch nicht zügeln, und das Bild des arbeitenden Mannes mit nacktem Oberkörper tauchte immer wieder vor ihrem inneren Auge auf.

»Ich bin fünfzig«, sagte sie sich schmunzelnd, als sie wieder allein am Küchentisch saß. Aber sie musste feststellen, dass das Alter nicht gegen erotische Fantasien wappnete. Die Menopause, vor der sie sich fürchtete, hatte sich noch mit keinem Anzeichen gemeldet. »Und selbst danach«, sagte sie sich, »selbst danach ist noch nichts vorbei.«

Prompt wanderten ihre Gedanken wieder zu der immer noch schmerzenden Erinnerung an das Gespräch mit dem Schulleiter. Sie hatte das Gefühl, seither stürze alles über ihr zusammen. Die Geschichte würde ohne Folgen bleiben, und niemand hatte seither etwas von Natacha gehört, aber für Catherine war ein Deich gebrochen, und der Schlamm, den der Fluss mit sich trug, bedeckte jetzt die Blumenbeete ihres französischen Gartens. Baudelaire kam ihr in den Sinn:

Ich muss zur Schaufel greifen und zum Karst
Die Erde wieder sammeln die verschwommen.

»Ich habe dreißig Jahre damit verbracht, gegen mich selbst zu kämpfen«, dachte sie. »Ich habe meinen Geschmack gebildet, meine Lektüre gewählt, meine Bewegungen und meine Stimme geschult, an meinem Selbstbild gearbeitet. Ich habe mein Leben als Pariserin gelebt. Und jetzt?«, fragte sie sich. »Und jetzt? Lasse ich mich von einem Klempner in Verwirrung stürzen, der fünfundzwanzig Jahre jünger ist als ich?«

Dimitri Diop klopfte an die Küchentür, öffnete sie und steckte schüchtern den Kopf herein. »Entschuldigen Sie, dass ich Sie bei der Arbeit störe, Catherine. Ich würde Ihnen gern etwas zeigen.«

Sie folgte ihm ins Badezimmer. Dort hatte er eine Reihe der von Catherine ausgewählten 60 x 30 cm großen Fliesen, eine Schieferimitation, rings um die Badewanne aufgestellt, um die Wirkung einzuschätzen.

»Das wird wunderschön«, sagte Dimitri. »Sie haben wirklich Geschmack.«

Er sah so kindlich aus, als er das sagte, dass Catherine an ihren Altersunterschied erinnert wurde und sich sofort besann. Um ganz sicherzugehen, dass sie in ihm nur noch einen normalen Klempner sah, reihte sie mehrere Fragen aneinander, ohne ihm Zeit zum Antworten zu lassen.

»Wie viele Tage nach dem Kacheln kann man die Badewanne wieder benutzen? Was meinen Sie, was könnte man an der Waschbeckenwand machen, damit es passt? Und vor allem: Sind Sie vor dem Wochenende fertig?«

Darauf antwortete Dimitri Diop – auch er an den Kodex seiner beruflichen Stellung erinnert – nur: »Ja, Madame.« Dann aber, und das war ein höchst mutiger Akt angesichts seiner Position, ja sogar eine Gefährdung seines Arbeitsplatzes, fügte er überraschend etwas hinzu: »Catherine, ich habe eine Bitte. Meine kleine Schwester ist in der Zwölften, naturwissenschaftlicher Zweig, und sie ist nicht sehr gut in Französisch. Könnten Sie vielleicht als Übung vor dem Abi ein oder zwei mündliche Prüfungen mit ihr machen?«

Weil Dimitris strahlendes Lächeln sie bezauberte oder weil sie sich der Gefühle schämte, die sie eben noch bei seinem Anblick mit nacktem Oberkörper gepackt hatten, war Catherine gern bereit, ihm diesen Gefallen zu tun. Sie sagte sich: »Wenigstens auf dem Gebiet bin ich kompetent.«

Sieh an, Cindy Pruvot hat mal wieder die Haarfarbe gewechselt«, sagte sich Catherine, als sie wieder vor ihrer Klasse stand. Natürlich war sie nach einer Abwesenheit von letztendlich sogar drei Wochen zur Arbeit zurückgekehrt. »Das steht ihr nicht«, dachte sie noch, und sie war fest entschlossen, sich solche geistigen Abschweifungen fortan zu gestatten. »Das Kanariengelb war schon schlimm genug, aber dieses ausgewaschene Rot … Und dazu dieser Pullover, den sie sommers wie winters trägt … Wahrlich keine vorteilhafte Aufmachung.«

Sie begrüßte ihre Schüler und begann den Unterricht, war wachsamer denn je, bereit, auf den geringsten Angriff zu reagieren. Jahrzehntelang hatte sie die Teenager umworben, indem sie sie menschlich behandelte und sich bemühte, in ihnen Individuen und Träger einer Geschichte zu sehen, nicht irgendwelche Nummern. Weil sich eben das vor drei Wochen gegen sie gewendet hatte und sie sich noch immer tief verletzt fühlte, panzerte sie sich nun mit einer Rüstung. Stumm verteilte sie die Arbeiten, ließ jeden die Bewertung lesen und hielt dann eine spontane Rede über die deutlich vorherrschenden schlechten Ergebnisse. »Die Schule muss endlich aufhören, euch anzulügen. Vielleicht schafft ihr mit Mühe und Not das Abi, aber es wird euch wahrscheinlich nichts nützen. Ihr habt ja nicht mal versucht, die im Lehrprogramm vorgegebenen Werke zu lesen! Ihr kommt in den Unterricht, ohne euch auch nur im Geringsten Gedanken über die Dimension dessen zu machen, was sich hier abspielt. Das ist nicht gut, und ihr werdet sicher einmal darüber stolpern, wenn ihr euch nicht ändert …«

Zufrieden über die reumütige Stille, die den Raum erfüllte, schrieb sie die Überschrift für die nächsten Stunden an die Tafel: »Neubearbeitungen der Odyssee«. Die Aufgabe bestand darin, sich mit einigen der berühmtesten Bearbeitungen der Abenteuer des Odysseus seit dem Homer'schen Epos zu beschäftigen. Catherine hatte vorgehabt, über Ovid, Dante, Joyce und Godard zu sprechen. Sie hatte Kopien einiger Textstellen gemacht und sogar ihre DVD von *Die Verachtung* mitgebracht. Trotzdem fehlte ihr heute der Elan. Sie hatte das Gefühl, dass das alles nichts nützte – nicht mal dazu, ihr selbst Spaß zu machen.

Plötzlich war der Klassenraum von lautem Stimmengewirr erfüllt. In der eingeschüchterten Ruhe, die einige Sekunden zuvor geherrscht hatte, brach Chaos aus. Fünf oder sechs Schüler waren aufgesprungen, schrien und wichen mit gespieltem Entsetzen in die Ecke zurück, weil unter dem Tisch von Cindy Pruvot eine Kakerlake von ansehnlicher Größe hervorspaziert kam.

Catherine hatte plötzlich das Gefühl, neben sich zu stehen, wie ein Sterbender, dessen Seele über dem Leichnam schwebt. Von diesem Phänomen hatte sie in Zeitschriften gelesen. Sie sah sich selbst dabei zu, wie sie die Kakerlake würdevoll auf eine überzählige Fotokopie schob, das Blatt zusammenfaltete und das Tier in seinem papierenen Leichentuch unter dem Absatz zerquetschte.

»Wozu Dante manchmal gut ist«, sagte sie.

Es war nicht das erste Mal, dass ihr eine Kakerlake den Unterricht verdarb, eine unfaire Konkurrenz, gegen die sie nicht kämpfen konnte, da sie mit Homer kaum die gleiche Erregung zu wecken vermochte. Sie vermutete, dass die Kakerlaken aus der Tasche von Cindy Pruvot kamen, denn sie tauchten immer neben ihr auf. Cindy machte sich einen Spaß daraus, sie zu provozieren.

Die anderen Schüler schimpften lautstark auf das Reinigungspersonal der Schule, als wäre wieder einmal der fette Mammut der Verantwortliche. Mehr denn je hatte Catherine Tournant das Gefühl, dass sie für ihre Schüler nur ein Bürgerdämchen, eine Pariserin voller Vorurteile war. »Und vielleicht haben sie sogar Recht damit«, sagte sie sich zerknirscht.

Sie fuhr mit dem Unterricht fort, als wäre nichts gewesen, gab eine ausführliche erläuternde Einleitung und rief die Schüler zur Ordnung, die nicht mitschrieben. Sie begann mit der Klasse eine Diskussion über die Auszüge, ließ sie erklären, Dante sei langweilig und Godard unverständlich, um sie immerhin dazu zu bringen, über den Sinn dieser Werke nachzudenken. Dann präsentierte sie ihnen eine gut strukturierte Zusammenfassung, die den Schülern die Illusion gab, sie käme ebenso von ihnen wie von ihr.

»Aber was ist mit mir?«, dachte sie, während sie Hinweise für die Joyce-Lektüre gab, »welchen Sinn gebe ich dem Ganzen? Bin ich dazu da, Kakerlaken zu töten, die aus Cindys Tasche kommen wie Kaninchen aus dem Zylinder?« Aus der Ecke des Raums sah sie sich vorn auf und ab gehen. Sie sah sich aus der Distanz, mit ihrer kastanienbraunen Bobfrisur, dem violetten Pullover, der engen Hose. Sie fand sich elegant und hübsch. Sie hörte ihre eigenen Erklärungen, fand sie klar und verständlich. Sie sah sich mit den Lebhaften scherzen, die Langsameren bemuttern. Eine Welle sanfter Wärme durchströmte sie plötzlich. Wie ein wohltuendes Getränk, ein Lapsang Souchong, raffiniert und aufmunternd. Die düstere Geschichte der Auseinandersetzung mit dem Schulleiter ging zu Ende.

Sie ließ sich zu einem Lächeln hinreißen, legte geräuschlos und unendlich vorsichtig ihre stählerne Rüstung ab. »Catherine Tournant«, sagte sie zu sich, »du brauchst dich nicht zu schämen. Du musst dir nichts vorwerfen. Und du brauchst dich vor überhaupt nichts zu schützen.«

»Wie schön er ist«, wiederholte Catherine in Gedanken, als könne sie es kaum glauben. »Ein wahres Kunstwerk.« Sie beobachtete Robert Diop seit einigen Minuten und nahm jedes Detail seines Gesichts in sich auf. Die glatte, gewölbte Stirn, die schöne dunkle Hautfarbe. Die breite, runde Nase, wie von Hand modelliert, die sie am liebsten ganz sanft mit der Fingerspitze gestreichelt hätte. Der fleischige, aber fein gezeichnete Mund. Catherine fragte sich auf einmal, ob es nicht entsetzlich taktlos gewesen war, sich mit ihm im Café Branly, im Garten des gleichnamigen Museums, zu verabreden. Vor ihr saß in der Person von Robert Diop ein Nachkomme der anonymen Künstler, deren Werke hier heute ausgestellt wurden. Das Modell für die Masken oder Statuetten, die oben in würfelförmigen, aus der Fassade hervorragenden Blöcken gezeigt wurden. Dass sie einem Mann gegenübersaß, den sie wie eine Kuriosität anstarrte, war ihr peinlich. »Meine Schüler haben wohl Recht: Ich bin voller Vorurteile«, dachte sie. »Ich bin eine Pariserin voller sozialer und rassistischer Vorurteile.« Eine Wolke verschleierte ihren Blick.

Sie fragte sich auch, was sie da überhaupt tat, warum sie die Einladung von Robert Diop angenommen hatte, mit dem sie nur einmal telefoniert hatte und der ihr unbedingt für die Hilfe danken wollte, die sie seiner Tochter Angelique zuteilwerden ließ. Es schien ihr etwas übertrieben. Angélique Diop war ein sehr sanftes, fast phlegmatisches Mädchen, aber sie war auch schlau, und ihre mittelmäßigen Ergebnisse ließen sich eher durch Faulheit als durch mangelnde Fähigkeiten erklären. »Sie hätte es durchaus ohne mich geschafft«, sagte sich Catherine, während der Vater ihr den Erfolg seiner Tochter beim Französischexamen anrechnete. Dennoch war sie empfänglich für seine Komplimente und fühlte sich geschmeichelt. Vielleicht hatte sie auch insgeheim, ohne es sich einzugestehen, gehofft, ein bisschen Dimitri Diop in seinem Vater zu finden.

Sie sah ihn weiter an, ließ ihn von seinem Leben erzählen, wunderte sich, dass er auch Lehrer war, obwohl sein Sohn als Klempner arbeitete. Robert Diop unterrichtete Geschichte an einem Collège, und er lächelte sie sehr freundlich an. »Ich bin ein Trampel«, sagte sich Catherine erneut, gefesselt vom Gesicht dieses Mannes. Sie hörte ihm zu, achtete auf jedes Detail. Sie war beeindruckt, dass er mehr als sie über die Kunst der Urvölker, nicht nur in Afrika, wusste. Robert Diop erzählte ihr von Senegal, das er als kleiner Junge verlassen hatte und wohin er nur ein einziges Mal zurückgekehrt war. Er erzählte ihr auch von seinen Kindern, von Dimitri, dem Schwierigen, auf den er jetzt so stolz war, weil er mit Geschmack und Talent arbeitete, und von Angélique, der Träumerin. Er liebte sie, er hütete und schützte sie, allein, seit er vor zwölf Jahren Witwer geworden war.

Catherine verglich in Gedanken ihr Leben. Sie fand ihres viel einfacher, aber auch langweiliger. Eine ganz normale Scheidung Anfang dreißig, eine fleißige Tochter, Roxanne, die nun weit weg von ihr in Kalifornien ihren Ph.D. machte. Sie sah Robert Diop an, versuchte, sich seinen Körper unter dem braunen, gut geschnittenen Anzug vorzustellen. Er war kleiner und stämmiger als Dimitri, aber seine Kraft war durch das Alter unbeeinträchtigt. Das verwirrte Catherine noch mehr. »Ich bin verloren«, sagte sie sich. Sie war orientierungslos, weil sich der Charme des Sohnes im Vater wiederfand, der Witwer und in ihrem Alter war.

»Ich danke Ihnen, dass Sie Angélique geholfen haben, ihre Hemmungen zu überwinden«, sagte er noch einmal. »Ich danke Ihnen auch dafür, wie herzlich Sie Dimitri empfangen haben. Das kommt selten vor, wissen Sie.«

Catherine antwortete mit einem schwachen Lächeln, das ihre Verlegenheit überspielen sollte. »Ein Glück, dass man nicht Gedanken lesen kann«, dachte sie, während sie ihm zuhörte.

Sie hatte eine letzte Aufwallung, noch verbotener und peinlicher als die anderen. Während sie sich eingestand, dass sie verwirrt war und dass Robert Diop ihr gefiel, sah sie sich an seinem Arm und fragte sich, was die Leute denken würden, wenn sie eine Weiße mit einem Schwarzen erblickten. Da wurde die Scham so groß, dass sie ihre Wangen rötete.

Robert Diop deutete ihr Erröten falsch und griff nach ihrer Hand.

Um den Preis unermesslicher Anstrengung zog Catherine sie erst nach mehreren Sekunden, die ihr wie die sprichwörtliche Ewigkeit erschienen, behutsam weg.

Eine verloren, zehn wiedergefunden«, sagte sich Dimitri Diop nicht sehr überzeugt. Er zählte die Übungen beim Krafttraining, fünf Mal zehn an der Shoulder Press, und wiederholte jedes Mal, wenn er den Rücken an die Lehne presste und die Arme nach oben streckte: »Eine verloren, zehn wiedergefunden.« Aber er glaubte nicht daran.

Er beobachtete sich in der Spiegelwand. Dieser Kunstgriff, mit dem die Inneneinrichter des *Club Med Gym* den Geräteraum größer erscheinen ließen, kam ihm an diesem Abend lächerlich vor. Dimitri durchschaute die Absicht, dass man im Spiegel jedes Detail seines von der Anstrengung geformten Körpers bewundern sollte. »Durchtrainiert oder nicht – sie hat mich trotzdem verlassen«, sagte er sich verbittert.

Dimitris Freundin Gladis Delgado hatte nämlich an diesem Tag genau um 13 Uhr 12 Schluss gemacht. Dimitri hatte gerade Mittagspause auf seiner Baustelle im Marais, in der Nähe des Picassomuseums. Er saß in einem kleinen Park hinter dem Hotel Salé, hatte sein Sandwich aus der Alufolie gewickelt und wollte hineinbeißen, als ihm sein Mobiltelefon eine SMS signalisierte. Das Sandwich in der rechten Hand, hatte er mit der linken nach dem Telefon gegriffen, es entsperrt und folgende Nachricht gelesen: »Dim, KLM. Sei nicht sauer. Schluss. Glad.«

Er hatte sein Telefon eingesteckt, das Sandwich verschlungen und wie versteinert den Kids zugesehen, die auf den Zementtischen Pingpong spielten, dann hatte er weitergearbeitet. »Eine verloren, zehn wiedergefunden«, wiederholte er seither den ganzen Tag, ohne zu wissen, ob das wirklich was bedeutete. Der Satz sollte Trost und Abstand bringen, sein Denken auf die Zukunft richten, auf die unzähligen Eroberungen, die ihm bevorstanden, aber an diesem Tag stellte er lediglich fest, dass sein athletischer Körper bei Gladys' Entscheidung überhaupt keine Rolle gespielt hatte. Dabei hatte er sie nicht betrogen. Sie hatten sich nie gestritten. Auch der Sex war völlig in Ordnung gewesen.

»Ich weiß nicht, ob ich in dich verliebt bin«, hatte sie drei Wochen zuvor gesagt.

Und jetzt begriff er, dass sie nicht an sich und der Welt zweifelte, wie er hatte glauben wollen, sondern ihn vielmehr auf das vorbereiten wollte, was folgen würde. Dimitri ärgerte sich, dass er nicht anders reagiert hatte. Er war sanft und verständnisvoll gewesen, obwohl der Verrat schon angefangen hatte. »Ich hätte sie zum Teufel schicken sollen«, sagte er sich und wechselte das Gerät. Er setzte sich an die Butterfly Press und begann seine Übungsserien für die Brustmuskulatur. Er erhöhte das Gewicht, spürte die Hitze und den Schmerz, das Brennen der Milchsäure, die sich zwischen den Muskelfasern ausbreitete, gab noch ein Gewicht dazu und betrachtete das Volumen seines gewölbten Brustkorbs, von dem er wusste, wie attraktiv er war.

»Was soll das alles?«, fragte er sich. Schwindel packte ihn. Zum ersten Mal seit Jahren ging ihm die Möglichkeit durch den Kopf, dass er ebenso gut keinen Sport zu machen, seinen Körper nicht zu formen brauchte, denn offenbar war das nicht der Schlüssel zur Liebe.

Er betrachtete die anderen Stammgäste des Clubs, ein zusammengewürfeltes, eigentlich kaum vorstellbares Publikum. Das war ihm schon früher aufgefallen. Der *Club Med Gym* war der einzige Ort in der Stadt, wo sich Nordafrikaner, Schwarze, Arbeitslose und Schwule trafen. Die Gäste verband eine uneingestandene Komplizenschaft, sie offenbarte sich in den

Muskeln, die sie sich antrainierten, um ihren Platz als Männer in einer von weißen, heterosexuellen Beamten gelenkten Welt zu beanspruchen. Er wusste, dass weder er noch die anderen im Club Alphatiere waren. »Die Bruderschaft der Ausgestoßenen«, hatte sein Vater in seinen gewählten Lehrerworten gesagt. »Community der netten Loser«, nannte es Dimitri.

»Trotzdem hat mich Gladys verlassen«, sagte er sich erneut. Er begrüßte Cédric Moreau, einen Bekannten, der ihn fragte, ob sie dasselbe Gerät abwechselnd benutzen könnten. Dimitri war einverstanden. Um nicht unhöflich zu sein, nahm er die knallroten Beats-Kopfhörer aus den Ohren und unterhielt sich zwischen den Zehner-Serien mit Cédric. Sie redeten über Belanglosigkeiten, die Häufigkeit ihres Trainings oder Nicolas Sarkozys zu erwartendes Scheitern, über das sie sich boshaft freuten. Dimitri wusste, dass solche Gespräche nicht den Zweck hatten, sich wirklich auszutauschen. Sie schufen eine Verbindung, die ihm in diesem Moment weniger brüchig vorkam als die zu Gladys. Als er an sie dachte, kam die Verzweiflung wieder hoch. Es lohnte sich nicht mal, sie anzurufen, sich auch nur vorzustellen, dass sie es sich noch überlegen könnte.

Und plötzlich, so seltsam es ihm vorkam, fragte sich Dimitri, was Catherine Tournant unter diesen Umständen wohl getan hätte. Während er bei ihr gearbeitet hatte, war er ganz begeistert von der klugen, lebhaften Dame, die ihm auch ein bisschen verrückt vorkam. Aber wirklich charmant. Dimitri erinnerte sich gern an ihre netten Gespräche bei Kaffee und Kuchen. Seit dem Ende der Arbeit bei ihr hatte er oft an ihre witzigen Bemerkungen gedacht. Sie kannte sich aus und gab gute Ratschläge. Jeden Tag hatte sie ihm einen Imbiss zubereitet, wie einem Kind. Und zum Abschied hatte sie ihm ein Buch von Jean-Philippe Toussaint geschenkt, *Das Badezimmer*. Das hatte er als intellektuelle Anerkennung empfunden, wie er sie von seinem eigenen Vater nie erhalten hatte.

Gleichzeitig hätte er sich jetzt lieber nicht in Gedanken an sie gewandt, erst recht nicht, seit sich sein Vater erlaubt hatte, sie zu treffen. Er wusste nicht weshalb, aber irgendwie warf er Catherine vor, dieses Treffen akzeptiert zu haben. Über seinen Vater ärgerte er sich dabei noch mehr. Wünschte er sich insgeheim, dass Robert Diop im Gedenken an seine Mutter für immer allein bliebe?

Erneut verdrängte das quälende Bild von Gladys Delgado alle anderen Überlegungen. »Vielleicht«, sagte sich Dimitri, »vielleicht haben die unangenehmen Seiten meines Berufs sie von mir entfernt. Dabei bringe ich doch als Klempner Komfort ins Haus. Und in letzter Zeit habe ich sowieso vor allem Fliesen gelegt.« Der Beruf des Fliesenlegers war zweifellos präsentabler, eine Stufe höher auf der Leiter der sozialen Anerkennung.

Die Baustelle, die Dimitri Anfang der Woche angefangen hatte, lag in einer Stadtvilla, deren oberste Etage der renommierte Kostümbildner Jérémie Lesdiguières gekauft hatte, der beschlossen hatte, die ganze Wohnung neu zu gestalten. Dimitri war nicht nur mit der Erneuerung der Leitungen und Anschlüsse beauftragt, sondern sollte auch die Badezimmer kacheln. Seinem Chef waren sein Eifer und sein Geschick aufgefallen, die er unter anderem bei Catherine Tournants Badewanne bewiesen hatte. Innerhalb der Firma war es eine Beförderung, die Dimitris künstlerisches Gefühl und seine Genauigkeit würdigte und ihn vom abstoßenden Kontakt mit den Abwässern entfernte.

Als er mit seinem Training fertig war, ging Dimitri in die erste Etage, wo die Garderoben waren. Er zog sich rasch aus, band sich das weiße Handtuch um die Hüfte, das den Clubmitgliedern für 110 Euro im Jahr zur Verfügung gestellt wurde, und ging zur Dusche. Dort spürte er wie üblich die Blicke der anderen Männer auf seinem nackten Körper. Meistens waren es keine lüsternen, sondern forschende, wertende Blicke, diskretes Spähen, um die Trümpfe der einen und der anderen in einem wortlosen Turnier zu vergleichen. Hier im Club war jeder auf sein Äußeres bedacht. Auch wenn sich die Männer innerhalb der »Bruderschaft der Ausgestoßenen« kameradschaftlich verhielten und mit gutmütigem Wohlwollen begegneten, war die Rivalität immer vorhanden.

»Eine verloren«, wiederholte sich Dimitri. Verloren, ja, trotz der belebenden Energie, die er ausstrahlte. Er trocknete sich flüchtig ab, zog sich an und lief die Stufen des Clubs hinunter zum Ausgang. KLM – *keine Lust mehr* … Er hatte eine zusätzliche Einheit absolviert, er hatte sich verausgabt und tonnenschwere Gewichte gehoben, aber das alles reichte noch lange nicht, um das albtraumhafte Bild von Gladys Delgado zu verjagen, wie sie ihre SMS schrieb, um ihre Beziehung zu beenden.

Als sie über den Ort für ihr zweites Treffen nachdachten, das ein »Abendessen im Restaurant« sein sollte, überließ Catherine Robert Diop die Entscheidung, um sich nicht so verlegen und ungeschickt zu fühlen wie nach ihrer Einladung ins Café Branly. Sie war erleichtert, als er ein italienisches Restaurant in der Nähe der Halles vorschlug, das zentral gelegen und für beide leicht zu erreichen war. Sie hatte zwar nicht mit einem afrikanischen Lokal gerechnet, hatte sich nicht vorgestellt, mit den Fingern Rindfleisch mit Erdnüssen zu essen, aber sie erschrak aufs Neue, dass ihr solche Gedanken durch den Kopf schossen, wenn auch nur als Negation, im Nachhinein. »Klischees haben ein dickes Fell«, sagte sie sich, während sie sich fertigmachte, wobei sie genauestens darauf achtete, sich wie üblich anzuziehen, nicht mehr und nicht weniger, weil sie unbedingt das Gefühl vermeiden wollte, zu viel oder nicht genug getan zu haben. Sie fügte ihrer Kleidung also kein Folkloretuch hinzu, auch kein Lederband oder Holzschmuck. Sie hatte weiße Frauen gesehen, die ihr Äußeres auf diese Weise afrikanisierten und manchmal so weit gingen, ihr glattes, helles Haar wie kleine kraushaarige Mädchen zu flechten, Boubous anzuziehen und statt einer Handtasche von malischen Künstlerinnen bestickte Beutel zu tragen, und sie hatte das immer lächerlich gefunden. Catherine sagte sich, wenn ein afrikanischer Mann eine weiße Frau wählte, dann weil sie ihm als Weiße gefiel und nicht, damit sie versuchte, wie eine Schwarze zu erscheinen.

Aber die bloße Tatsache, dass sie so etwas dachte, reizte sie zur Weißglut. Wie sollte sie sich bei Robert Diop natürlich verhalten, wenn sie den Kopf voll mit seiner Hautfarbe hatte? Sie konnte sich noch so oft sagen, dass sie keinen Unterschied zwischen Weißen, Schwarzen und anderen machte, sie konnte sich selbst nicht mit leeren Absichtserklärungen befriedigen, deren Vergeblichkeit sie zum ersten Mal mit sich selbst konfrontierte. Catherine hatte Schüler aus allen Schichten und allen Ländern gehabt. Sie wusste, dass der tägliche Umgang die Unterschiede schnell verdrängt und durch die Einzigartigkeit der Persönlichkeiten ersetzt. Was sich jedoch bei ihr hinsichtlich des Wiedersehens mit Robert abspielte, bewegte sich auf einer anderen Ebene, der einer möglichen bevorstehenden Intimität.

Sie konnte sich Robert nicht einfach als aufmerksamen Familienvater vorstellen, nicht einmal nur als verführerischen Mann in ihrem Alter. Sie dachte an ihn als einen Schwarzen. Sie hätte heulen können.

Gereizt betrachtete sie sich im Spiegel, fand sich schlicht und elegant, aber das verschaffte ihr in diesem Moment überhaupt kein Vergnügen. »Wenn ich nur widerwillig hingehe«, dachte sie, »kann ich es gleich ganz bleiben lassen. Gleich verzichten, ehe die Geschichte noch komplizierter wird.« Das Badezimmer war fertig, die Übungen mit Angélique beendet, sie musste Robert nicht wiedersehen. Noch konnte sie sich zurückziehen, ohne jemandem Rechenschaft zu schulden. »Ich gehe nicht«, sagte sie sich, während sie den Mantel anzog. »Ich gehe nicht hin … und trotzdem eile ich«, bemerkte sie und lachte sich selbst aus. Sie ging sogar zu früh los und beschloss, bis zu den Halles zu laufen, die frische Luft und den Spaziergang zu genießen. »Es ist eine kleine geistige Reise«, sagte sie sich. Aber sie wusste nicht, ob sie sie in die richtige Verfassung für die Begegnung bringen würde.

Sie knallte die Wohnungstür zu und lief die sieben Etagen hinunter, der Geist erfüllt von Roberts Gesicht. Seine Schönheit fiel ihr wieder ein, es war ein unglaublich genaues und angenehmes Bild. Sie erinnerte sich an die Umrisse seines Mundes, seine Lippen, die sanften Linien seiner Nase, die Zeichnung seiner Augenbrauen. »Wenigstens ist mir das Adjektiv *negroid* nicht in den Sinn gekommen«, stellte sie fest und widerlegte damit sogleich die Feststellung. Aber sie dachte, vielleicht wegen ihrer Unterrichtsstunde über *Die Verachtung* von Godard, an die Geschichte des Esels Martin, wie Camille, die von Brigitte Bardot gespielt wird, sie im Film erzählt. Damit sein Teppich fliegt, darf der Esel Martin nicht an einen Esel denken. Und weil sein Kopf von diesem Verbot erfüllt ist, denkt er natürlich daran und kann nicht fliegen. »Der Esel Martin bin ich.« Sie lächelte und eilte zu ihrem Rendezvous.

Da sie als Erste kam, setzte sie sich in dem kleinen Restaurant an einen der runden Tische für zwei Personen. Voll Erwartung starrte sie auf die Eingangstür, ungeduldig, Roberts Gestalt auftauchen zu sehen. Als sie ihn hereinkommen sah, erschauerte sie unwillkürlich. Robert, dessen Körper kraftvoll und lebendig war, strahlte eine fröhliche Energie aus. Sie genoss die zwei Sekunden, in denen er sie noch nicht gesehen hatte und mit den Augen suchte. Sie fand es angenehm, so gesucht zu werden, und es berührte sie, wie sein Gesicht sich öffnete und erstrahlte, als er sie an ihrem Tisch entdeckte.

Sie plauderten beim Essen über die Italienreisen, die beide gemacht hatten. Sie erinnerte sich vor allem an die seltsame venezianische Lagune, die sie beeindruckt hatte. So viel Schönheit, dem Untergang geweiht, wie man damals gesagt hatte, bevor umfangreiche Bodenarbeiten die barocken Paläste zumindest teilweise stabilisierten. Robert war vor allem ein Liebhaber Roms. Er kannte dort jede Ecke und hatte vor fünfundzwanzig Jahren sogar seine Diplomarbeit über ein Thema der römischen Geschichte geschrieben.

Natürlich amüsierten sie sich freundlich über das Dekor des Restaurants mit falscher Balustrade und Garten als Trompe-l'oeil. Sie fühlten sich wie Komplizen, weil sie den um seiner selbst willen kultivierten schlechten Geschmack, den Kitsch und seine Ästhetik vom bloßen Fehlen an Raffinesse wie hier zu unterscheiden wussten.

»Wir sind ganz schöne Snobs, was?«, bemerkte Robert mit strahlendem, aber auch verschmitztem Lächeln. Seine gegen sich selbst gerichtete Ironie war weder kalt noch boshaft. Im Gegenteil, man spürte genau, dass er sich freute, seine eigenen Schwächen aufzuspießen, und dass er die kleinen Macken der anderen lustig fand. Er sprühte förmlich. Seine gute Laune war ansteckend. Er machte eine Bemerkung über ihre tadellosen Tischmanieren, und sie entspannte sich, erlaubte sich sogar, die Ellbogen auf das Tischtuch zu setzen und das Gesicht in die Hände zu stützen, um Robert nach Belieben anzuschauen. Er sprach jetzt von seinem Lieblingsort in Rom, der Basilika San Clemente. Unter dem byzantinischen Kirchenschiff in Straßenhöhe befand sich eine römische Krypta, Überrest eines alten Tempels, der selbst über einem uralten heidnischen Sanktuarium des Mithras errichtet worden war. Er verwandte den Ausdruck »historischer Blätterteig«, der Catherine endgültig bezauberte. Sie war gänzlich im Bann der Beweglichkeit seines Gesichts, gefangen von seiner Begeisterung und seiner Intelligenz, angesteckt von der Fröhlichkeit, die er ausstrahlte. Das war so lange her!

Sie unterhielten sich auch über ihre Schüler. Catherine war berührt von der Zuneigung, mit der Robert über seine Teenager sprach. Er erfreute sich an ihrem kindlichen Verhalten, ihrer Spontaneität. Er liebte sie. Das sah man. Und er liebte seinen Beruf.

»Und ich?«, fragte sich Catherine. »Wie steht es bei mir?« Die Frage stellte sich ihr tatsächlich, seit sie in den Schulalltag zurückgekehrt war. Gewiss, nach außen hatte sich nichts geändert, sie war immer noch der brave kleine Soldat Drehwurm. Aber innerlich war sie distanzierter als vorher und zugleich großzügiger, nicht mehr so streng mit sich und den Schülern.

Sie sah Robert an, um sich nicht zu weit forttragen zu lassen, fest entschlossen, so lange wie möglich bei ihm zu bleiben, nicht wieder neben sich zu stehen wie im Unterricht, erst recht nicht in diesem Moment. Erotische Gedanken schossen ihr durch den Sinn und setzten ihrer Selbstbefragung ein Ende.

Die gleichen Gedanken verfolgten sie auch an den folgenden Tagen und verdrängten die Schule mit ihren Schülern auf den zweiten Platz. Ein paar Stunden nach dem Essen wusste sie nicht mehr, was sie im Restaurant zu sich genommen hatten, aber sie wusste, dass sie Robert mit den Augen verschlungen hatte.

»Und jetzt«, sagte sie sich, »muss ich ihn verdauen.«

Gab ihm das tadellose Bad, das er bei Catherine gestaltet hatte, die Sicherheit, mehr wert zu sein als ein Klempner? Oder war es das unpersönliche, eiskalte Verschwinden von Gladys Delgado? Auf jeden Fall war Dimitri frustriert. Wütend und frustriert. Als er ein paar Tage später das schwere Hoftor des Hauses aufstieß, in dem Jérémie Lesdiguières wohnte, war er total gereizt, ja geradezu aggressiv. »Der wird mir nicht meine Arbeit erklären«, sagte er sich, als er die Wohnung betrat. »Ich weiß genau, dass die roten Fugen nicht zu seinen Fliesen passen. Das lasse ich mir auch nicht ausreden.«

Jérémie Lesdiguières hatte für sein Badezimmer ein luxuriöses italienisches Mosaik aus Glaspastensteinen ausgewählt. Hunderte kleine, schillernde Vierecke bedeckten bereits die Wände des ganzen Raums. Dimitri hatte sie sorgfältig angeklebt, und der etwas antiquierte Stil, den der Hausherr bei der Bestellung im Kopf gehabt hatte, ließ sich bereits erkennen. Dimitri weigerte sich jedoch, dem Wunsch seines Kunden zu folgen, der sich vorstellte, dass purpurrote Fugen einen Kontrast zum grünlichen Glanz der Glaspaste bilden und seinem Mosaik in einem gekonnten Gleichgewicht von Grundfarben eine fast klinische Kälte verleihen würden.

Zwei Stufen auf einmal nehmend, lief er die Treppe bis zur vierten Etage hinauf. Er fuhr nicht gern Fahrstuhl. »Treppen sind immer ein kleines Extratraining«, sagte er sich. Außerdem ersparte er sich dadurch klaustrophobe Begegnungen und auf sich gerichtete Blicke, in denen er Argwohn zu lesen fürchtete.

Er klingelte. An diesem Morgen empfing ihn Lesdiguières im Morgenmantel. Er hatte sich offensichtlich nicht die Mühe gemacht, sich zu rasieren oder wenigstens anzuziehen. Seit dem Beginn der Arbeiten war der Kunde immer von »perfekter Perfektion« gewesen. Als sei dieser Pleonasmus extra für ihn erfunden. Dass sich Lesdiguières auch nur im Geringsten gehen ließ, war absolut ungewöhnlich. Der recht gut aussehende Achtunddreißigjährige empfing Besucher stets aufs Vorteilhafteste frisiert und in Sachen gekleidet, die sich Dimitri nicht mal mit einem ganzen Monatslohn hätte leisten können. An diesem Morgen aber waren seine Haare zerzaust, und sein Morgenmantel hing an ihm wie der letzte Fetzen. »Tun Sie so, als wäre ich nicht da«, sagte Jérémie Lesdiguières. »Ich werde wohl den Tag hier verbringen, aber lassen Sie sich bloß nicht stören, tun Sie, als wäre ich nicht da.«

Dimitri begriff, dass irgendwas nicht stimmte. Er hätte gern gewusst, weshalb sein Kunde so niedergeschlagen aussah. Sein nachlässiger Aufzug passte so gar nicht zu dem allzu munteren Ton. Dimitri verkniff sich aber jede Frage, ging mit entschlossenem Schritt ins Badezimmer und stellte dort fest, dass der Kleber des Mosaiks trocken war. Jetzt kamen also die Fugen dran. Das war der Moment der unvermeidlichen Auflehnung. Er ging wieder zu Lesdiguières, der vor dem Küchenfenster stand und Kaffee trank, und wagte ihm zu verkünden: »Ich mache keine roten Fugen. Das ist eine schlechte Idee. Höchstens Seladon, wenn Sie unbedingt wollen.«

»Einverstanden«, antwortete Lesdiguières bloß, ohne sich auch nur umzudrehen.

Offensichtlich fehlte dem berühmten Kostümbildner an diesem Morgen jeder Kampfgeist. Er stimmte sofort zu, als sei die Entscheidung folgenlos, unwichtig. Deshalb befreite der so mühelos errungene Sieg Dimitri nicht von seinem Frust. Er ging zurück ins Bad und überlegte sich, dass er vielleicht nicht der Einzige war, der eine schwierige Phase durchmachte. Aber warum, zum Teufel, konnte er sich nicht entspannen, nachdem dieses Hindernis aus dem Weg geräumt war? Er litt unter irgendwelchen nicht greifbaren Angstanfällen, die tiefer lagen als die durch seine Arbeit oder die Trennung von Gladys verursachten und gegen die er nicht ankämpfen konnte. Er trug in sich einen dumpfen und diffusen Zorn, eine Wut, die an ihm fraß und sich gegen ihn selbst richtete.

Dimitri mischte also eine Tube grüner Pigmente in die Dichtungsmasse, dann korrigierte er die zu grelle Farbe, indem er etwas Blau und etwas Schwarz hinzufügte, um sie zu brechen. Er überzeugte sich, dass er genug hatte, um nicht später nachmischen zu müssen, und trug die blassgrüne Masse mit dem Spachtel auf das Glasmosaik auf. Nach wenigen Minuten offenbarte sich in der Kombination die Pracht der kleinen Steine. »Ja«, sagte sich Dimitri, »ich verstehe meinen Beruf. Ich weiß, was schön ist. Niemand kann das Gegenteil behaupten.«

Er sah sich wieder bei Catherine und dachte an die Freude, die ihm noch wenige Wochen zuvor die Vollendung ihres viel weniger luxuriösen Badezimmers bereitet hatte. Was hatte sich denn inzwischen geändert? Obwohl ihn Gladys mit einer Handbewegung aus ihrem Leben verjagt hatte, brachte Dimitri das Ereignis nicht mit seinem tief sitzenden Unbehagen in Verbindung. »Was ist nur mit mir los?«, fragte er sich. Hätte ihm Catherine Tournant darauf antworten können?

Auch in den folgenden Tagen dachte Catherine an Robert Diop. Ständig, ja geradezu besessen, wie sie zugeben musste. Sie schaffte es nicht, sich frei zu fühlen und jede Etappe dieser möglichen Liebesgeschichte einfach auf sich zukommen zu lassen. Sie fürchtete die radikale Veränderung, die sie in ihr bestens organisiertes Leben einer Fünfzigjährigen bringen würde, ebenso, wie sie sich diese Veränderung wünschte. Sie klammerte sich an ihre so mühsam erkämpfte Freiheit, ihre Gewohnheiten und ihre Macken, und vor allem daran, niemandem Rechenschaft schuldig zu sein.

Gleich darauf drehte sie den Spieß um und sagte sich, dass der Rahmen, den sie sich im Lauf der Zeit geschaffen hatte, ein Gefängnis sei. Also war es nur gut, wenn ihre Routine gestört wurde, und für eine Umkehr war es jetzt sowieso schon zu spät.

»Zu spät?«, fragte sie sich dann wieder. »Habe ich mich schon in diesen Mann verliebt, den ich noch nicht mal geküsst habe?« Angesichts von Roberts relativer Zurückhaltung – er hatte sich wie beim ersten Mal damit begnügt, ihre Hand zu nehmen – fürchtete sie, dass er in ihr nur eine Freundin sah. Womöglich war diese Zurückhaltung, aus welchem Grund auch immer, kein Zeichen von Respekt, sondern von Gleichgültigkeit. »Ich werde den ersten Schritt machen müssen«, sagte sie sich. »Ich werde die Verantwortung für den ersten Kuss auf mich nehmen. Ich werde diejenige sein, die kolonisiert, und er der Kolonisierte.«

Natürlich missfiel ihr diese Vorstellung sehr.

In der Schule behandelte sie *Othello*, der nicht im Programm stand, dessen Besprechung sie sich jedoch gönnte, weil sie ihren Interessen entsprach. An einem Januartag organisierte sie dann eine Diskussion über gemischte Paare. Es ging hoch her. Sie musste die Geister beruhigen, weil sich jeder hinter den Mauern der eigenen Zugehörigkeit verbarrikadierte. Die Beiträge der Schüler, die sich über die genaue Identität des »Mohren von Venedig« Gedanken machten, konzentrierten sich neben der unterschiedlichen Hautfarbe auf die unterschiedliche Religion. Eine Christin aus Martinique würde nicht mit einem Moslem aus Guinea ausgehen, auch wenn sie beide Schwarze waren. Cindy Pruvot amüsierte sich demonstrativ über die Diskussion. Sie spielte auf die Paare an, die sich im Verlauf des Schuljahres in der Klasse gebildet und wieder aufgelöst hatten. Dann formulierte sie eine Schlussfolgerung, die die Lehrerin zwang, die Diskussion zu beenden: »Außerdem weiß doch jeder, warum weiße Frauen mit Blacks rummachen …«

Natürlich bemerkte kein Schüler Catherines Verwirrung. Sie waren weit davon entfernt zu ahnen, worum es in diesem Moment ging. Sie nahmen an, dass ihnen wieder mal die Gelegenheit geboten wurde, sich frei zu äußern, ohne dass ihre Aussagen einen besonderen Wert hatten. Keiner von ihnen ahnte, dass er für die Lehrerin ein Versuchskaninchen war. Das etwas überstürzte Ende dieser Übung schrieben sie der schlüpfrigen Bemerkung ihrer Klassenkameradin zu.

»So weit ist es also mit mir gekommen«, sagte sich Catherine, als sie mit ihrer Aktentasche in der Hand zum Bahnhof lief. An diesem Tag bemerkte sie weder die Graffiti noch die beiden immer noch nicht weggeschafften ausgebrannten Autowracks, die Trophäen einer wütenden Jugend. Dafür betrachtete sie aufmerksam jeden Schwarzen, dem sie unterwegs und im Zug begegnete. Sie konnte ihre Gedanken nicht von Cindys letzter Bemerkung und dem albernen Lachen der Klasse losreißen. Genau da lag der Kern des Problems.

Sie hatte ihn verdrängen, so tun wollen, als hätte diese Legende keinerlei Einfluss auf sie. Natürlich hatte sie auch schon Kommentare über die Größe des Penis' schwarzer Männer gehört, aber sie hatte nie daran gedacht, dieses Gerede ernst zu nehmen. Jetzt schien es ihr offenkundig, es handelte sich um eine Synekdoche, der Penis stand für die primitive Kraft der Völker Afrikas, die das vermeintlich moralisch überlegene Abendland faszinierte und ängstigte. Und das stellte sie, Catherine, an die Seite der Filmheldinnen mit Safarijacke und Tropenhelm, die aus der Heimat geflohen und nirgends zuhause waren. Die weiße Frau auf der Suche nach dem Phallus des Wilden. Das war das Bild, das sie abgeben würde, wenn sie Robert liebte. Wie ließ sich das ertragen?

Heute nur Cardio«, sagte sich Dimitri, als er die Treppe zum Fitnessraum mit den Geräten für das Cardio-Training hinunterging. »Das reicht.« Am Vortag hatte er den Oberkörper gemacht, also Brust, Rücken, Schultern und Arme. Am Tag davor die Beine. »Heute Cardio, dann ist Schluss.« Er ging in den größten Raum des Clubs, stellte sich auf den einzigen noch freien Ellipsentrainer und begann sich wie ein Langläufer zu bewegen. Er stellte rasch sein Gewicht, die Dauer und die Schwierigkeitsstufe ein. In diesem Rhythmus würde er in einer Stunde tausend Kalorien verbrennen. Dann rollte er das Kabel seiner Beats-Kopfhörer auseinander und suchte auf dem iPod das Lied, das er in letzter Zeit ständig hörte, den neuesten Song der Black Eyed Peas. Derart für sechzig Minuten Anstrengung präpariert, griff er nach den Metallsensoren an den Handgriffen und kontrollierte die Beschleunigung seiner Herzfrequenz.

Nachdem er seinen Rhythmus gefunden hatte, entspannte er sich etwas und erlaubte sich einen Blick auf die anderen, die wie er auf Ellipsentrainern, Steppern oder Laufbändern Energie verausgabten, um sich ihre Traumfigur zu erarbeiten. Zum ersten Mal gab ihm das zu denken. Dynamos könnten doch die Energie, die überall auf der Welt von so vielen Sportlern verausgabt wurde, in Strom umwandeln. Licht und Heizung des Clubs könnten von den Mitgliedern selbst betrieben werden. »Das würde wie ein Heizkraftwerk funktionieren«, überlegte er sich amüsiert, »ja, ein Kraftwerk mit menschlicher Energie ...«

Wie überall im Club hingen auch vor diesen Geräten Spiegel. Dimitri sah sich selbst zu, wie er seine Bewegungen machte. Ein neues Bild verjagte den Gedanken an ein Kraftwerk. Seine schmale Taille, der v-förmige Oberkörper und die leicht gespreizten Beine und Arme ließen seine Gestalt wie eine dieser bunten Plastikfiguren aussehen, die fliegende Händler den Touristen verkauften, kleine Akrobaten, deren Füße und Hände mit einer Klebemasse bedeckt waren, so dass sie sich an den Wänden festhalten oder an Glasscheiben der Schwerkraft trotzen konnten. »Ich bin nichts als ein Hampelmann«, sagte sich Dimitri plötzlich. »Ein Spielzeug für Gladys Delgado.« Er trat etwas schneller. »Sie hat mich wie einen Hampelmann behandelt, wie ein Plastikmännchen.« Und er wusste nicht, ob er lachen oder weinen sollte. Obwohl es ihn ärgerte, setzte sich das lächerliche Bild des Plastikmännchens in ihm fest und wuchs wie ein Parasit. »Vielleicht hat Gladys in mir das gesehen, was ich ihr gezeigt habe«, sagte er sich. »Einen Plastikathleten.« Er dachte an die skeptische Frage, mit der ihn sein Vater häufig nervte. »Warum musst du eigentlich immer so viel Sport machen?«

»Ich mache Sport, weil ich schwarz bin«, sagte sich Dimitri. »Wenn jemand anderes das sagen würde, würde ich ausrasten. Trotzdem ist es einfach die Wahrheit. Ich kann meine Farbe nicht vergessen.«

Dimitri fragte sich, ob es für Gladys Delgado genauso gewesen war. Er hoffte, dass seine Hautfarbe nicht die Anziehung erklärte, die er auf sie ausgeübt hatte. Er hoffte, dass Gladys Delgado, deren Familie von den Antillen kam, ihn nicht zum Gefährten gewählt hatte, weil sie beide zur Gemeinschaft der Nicht-Weißen gehörten. »Letztendlich bin ich wie mein Vater«, sagte sich Dimitri, »nicht besser und nicht schlechter. Er hat studiert, um sich zu beweisen, dass er nicht schlechter ist als die anderen, obwohl er schwarz ist. Seit Mutter tot ist, hat er sich nur von weißen Frauen trösten lassen. Und ich mach eben Sport.«

Bei Catherine hatte er das Gefühl gehabt, dass sie seine Hautfarbe vergaß, dass sein Schwarzsein völlig unerheblich war und ihre Freundlichkeit nichts damit zu tun hatte. Wenn er an sie dachte, dann an ihre wohlwollende Intelligenz. Sie hatte ihn empfangen und ihm zugehört. Und vor allem hatte sie ihm vertraut. Sie hätte ganz sicher verstanden, weshalb die SMS von Gladys unmöglich war, sie liebte doch Texte und Wörter, ja sogar Papier. Als sie ihm den Roman von Toussaint schenkte, hatte sie ihm erklärt, dass sie Bücher auch wegen ihrer Beschaffenheit mochte. Er erinnerte sich mit großer Zufriedenheit an das Gespräch. Sie hielt ihn nicht für einen Dummkopf. Dimitri beschloss, Catherine Tournant anzurufen. Er wollte sich mit ihr verabreden, musste sie um Rat fragen, um nicht durchzudrehen.

Auf dem Weg zu Dimitri, mit dem sie im neuen Viertel bei der Nationalbibliothek im 13. Arrondissement verabredet war, fühlte sich Catherine angespannt, beinah schuldig, als hätte sie sich etwas vorzuwerfen. Als sie über die Passerelle Simone-de-Beauvoir ging und sich wie jedes Mal an dem doppelten Straßenband erfreute, auf dem man die Seine auf allen denkbaren Wegen überqueren konnte, wurde ihr bewusst, dass ihre Angst die Folge eines tiefen Gefühls von Ungehörigkeit war. Sie ging am Gebäudekomplex der Frigos und an den Grands Moulins vorbei, dem neuen Sitz der Universität Paris-Diderot. Ihre Gedanken wanderten zu ihrer Tochter. Sie skypten einmal in der Woche zu einer festen Uhrzeit. Catherine versäumte den Termin nie. Aber weder beim letzten noch bei den vorherigen Malen hatte sie Roxanne erzählt, dass es so aussah, als würde die Liebe wieder in ihr Leben treten.

»Es gehört sich für eine Mutter nicht, ihre Herzensgeschichten zu erzählen«, rechtfertigte sie sich in Gedanken. Und während sie die Esplanade vor der Universität anschaute, die sich in einem Garten auf mehreren Ebenen fortsetzte, und wieder einmal bewunderte, was sich die Architekten ausgedacht hatten, um aus dem Nichts diesen unglaublichen Ort der Moderne zu schaffen, gestand sie sich ein, dass sie sich selbst betrog. Sie hätte es Roxanne anvertrauen können, auch per Skype, ja, sie hätte ein wenig digitale Vertraulichkeit teilen und ihrer Tochter sagen können, dass es vielleicht wieder einen Mann in ihrem Leben geben würde. Sie musste jetzt auch vor Dimitri dazu stehen. Sie hatte keine Wahl.

Sie trafen sich auf der Terrasse eines Cafés neben dem MK2-Kino. Der junge Mann wirkte irgendwie verlegen, wie in seinem Körper gefangen, den er in dem braunen, hautengen Pullover mehr als sonst zur Schau stellte.

»Finden Sie, wo Sie doch die Wörter lieben, ich hätte begreifen müssen, dass mich Gladys nicht geliebt hat?«, brach es aus ihm heraus. »Hätte ich aus dem, was sie gesagt hat, aus ihren Fragen und Zweifeln irgendwelche Hintergedanken, einen Verrat herauslesen müssen? Oder täusche ich mich? Hatte unsere Beziehung doch nur mit unserer Hautfarbe zu tun? Ich dachte, wenn zwei Schwarze zusammen sind, würden sie sich helfen, nicht daran zu denken.«

»Sie sind ziemlich unglücklich«, stellte Catherine mitfühlend fest.

»Wenn Sie mit meinem Vater zusammen sind, vergessen Sie seine Farbe bestimmt«, sprach Dimitri weiter. »Aber er, glauben Sie, dass er sie vergisst?«

Catherine klärte ihn nicht auf und ließ die Frage unbeantwortet. »Wenn er wüsste«, sagte sie sich. »Er würde mich verachten, und er hätte Recht.« Sie spürte deutlich, dass den jungen Mann etwas Tiefsitzendes quälte und sie ihm dabei nicht wirklich helfen konnte. Als Dimitri irgendwann verstummte, überlegte sie einen Moment und fragte dann: »Haben Sie schon einmal daran gedacht, mit einem Psychologen zu sprechen?«

Der Vorschlag schien Dimitri zu verwirren, sein Gesicht verdüsterte sich. Er dankte ihr für den Rat, aber als sie später im Bus nach Hause fuhr, um etwas von der Umgebung zu sehen, ärgerte sie sich, so direkt gewesen zu sein. »Habe ich seine Erwartungen erfüllt?«, fragte sie sich. Während es in ihren Kreisen ganz selbstverständlich war, Rat und Hilfe bei einem Psychologen zu suchen, nahm sie an, dass es in Dimitris Welt als anstößig galt, als Zeichen von Schwäche. »Bin ich zu egois-

tisch, um mich wirklich in andere hineinzuversetzen?«
Hinsichtlich des Verständnisses von Gefühlen, auch den eigenen, hatte sie noch einen weiten Weg vor sich. Das wurde ihr jetzt bewusst.

Nur wenige Wochen vergingen, bis Dimitri vor der Tür der Rue Monsieur-le-Prince 26 stand, aber der schwierige Prozess der Reifung, der in ihm abgelaufen war, hatte die Zeit gedehnt, weshalb ihm diese Wochen wie eine Ewigkeit vorkamen. Er klingelte an der Sprechanlage und hatte Angst. Was er da tat, war noch vor kurzem undenkbar, genauer gesagt unvorstellbar gewesen, und dennoch hatte er sich dazu entschlossen, weil ihn die Nachwirkungen von Gladys' SMS einfach verrückt machten. Ganz allmählich hatte sich die Anregung von Catherine Tournant, gegen die er sich zunächst absolut sperrte, in ihm festgesetzt. Beinahe widerwillig hatte er angefangen, so nüchtern wie möglich über die Möglichkeit nachzudenken, einen Psychologen aufzusuchen. Er hatte nach Gründen gesucht, es nicht zu tun, aber keine stichhaltigen gefunden. Im Laufe der Tage hatte er sich mit der Vorstellung, die ihn immer noch zutiefst abstieß, vertraut gemacht. Es war wie ein Steinchen in seinem Schuh, das sich ständig in Erinnerung brachte. Eine Obsession. Um sich davon zu befreien, musste er zur Tat schreiten. Er stand unter Zugzwang.

Als er das elektrische Klicken hörte, mit dem das Schloss entriegelt wurde, stieß er die schwere Holztür auf. Im Foyer betrachtete er die glänzenden Messingschilder neben den Briefkästen. Die Arztpraxis war in der vierten Etage und vereinte unter einem Dach eine Endokrinologin namens Monique Duchesne, den Zahnarzt Dragan Cubescu und die Psychiaterin Doktor Ève-Marie Saada, bei der er einen Termin hatte.

Im Wartesaal verstärkte sich das flaue Gefühl. Dimitri merkte, dass er feuchte Hände hatte, und wischte sie an seinen Jeans ab, peinlich berührt von der Vorstellung, Madame Saada eine klebrige Hand zu reichen. Dann ließ er den Blick über das beigefarbene Sofa, die passenden Sessel und den Zeitschriftenstapel auf dem niedrigen Tisch schweifen. Er war überrascht, zwischen den üblichen Titeln wie *Le Point*, *Le Figaro magazine* oder *Elle* auch Fachzeitschriften für Design und moderne Architektur zu finden. Er fragte sich, warum sie wohl hier lagen, und schob damit den Moment hinaus, da er sich darauf konzentrieren musste, weshalb er hier war.

Das gedämpfte Geräusch von Schritten war im Flur

zu hören. Doktor Saada kam. Wie würde sie aussehen? Dimitri hatte seinen Hausarzt nach einer Adresse gefragt und seinen Liebeskummer vorgeschoben, aber in Wirklichkeit bekam er das Bild des Plastikmännchens nicht aus dem Kopf. Sie begrüßte ihn, führte ihn in ihr Sprechzimmer und bat ihn mit sanfter, freundlicher Stimme, Platz zu nehmen.

»Was führt Sie zu mir?«, wollte sie wissen, nachdem er sich in den gelben Sessel gesetzt hatte, der ihrem gegenüberstand.

Dimitri fand keine akzeptable Antwort auf diese Frage. Die Worte: »Ich bin schwarz«, die er in Gedanken aussprach, verwandelten sich in ein kurzes, unterdrücktes Hecheln. Plötzlich überfiel ihn wieder die Angst. Er erzählte der Psychologin, wie er versucht hatte, sich den Spruch »Eine verloren, zehn wiedergefunden« einzuhämmern, um seine Melancholie zu vertreiben.

Aber offensichtlich war er selbst es, den er mit sechsundzwanzig Jahren wiederfinden musste.

Natürlich erzählte er niemandem davon, nicht einmal Catherine. Er hatte vom ersten Moment an das Gefühl, er müsse seine Therapie geheim halten. Vielleicht fürchtete er Missfallen oder Verachtung, vielleicht auch, dass man sich für seine innersten Regungen interessierte, und er war nicht bereit, sich zu offenbaren. Die ersten Sitzungen stürzten ihn in eine noch tiefere Ratlosigkeit, als er feststellte, dass er nach dem Einführungsgespräch kein Wort mehr über seine Trennung von Gladys Delgado verlor.

Völlig unerwartet und unter ganz anderen Umständen fand diese unglückliche Liebesgeschichte mit Gladys ihren Abschluss. Seltsamerweise verdankte Dimitri das Jérémie Lesdiguières. Die Unstimmigkeit über die Farbe der Fugen hatte der Klempner bald vergessen. Er fand Jérémie inzwischen sogar auf seine Art ganz sympathisch. Als dieser ihn zu einem Drink einlud, um den Abschluss der Arbeiten zu feiern, ließ Dimitri sich dazu hinreißen, ihm von seinem Liebeskummer zu erzählen. Sie wussten beide, dass die Vertrautheit, die zwischen ihnen aufkeimte, keinerlei Zweideutigkeit duldete. Jérémie versagte sich jedes Begehren. Auch Dimitri wusste, dass ihr Gespräch nichts Anrüchiges hatte.

»Diese Art, Schluss zu machen, ist wirklich zum Kotzen«, erklärte der Designer.

Jérémies Bemerkung traf ins Schwarze. Sofort entspannte sich Dimitri. Er spürte, wie sich irgendwo in seinem Rücken eine Verkrampfung löste. Es war eine Erleichterung, eine Erschlaffung, die allmählich in seine Gliedmaßen ausstrahlte. Er war also nicht der Einzige, der das dachte. Er verdiente etwas Besseres als eine SMS. Zwar war der Satz nicht aus dem Mund von Catherine gekommen, aber jetzt hatte ihn, ohne dass er danach gefragt hatte, ein fast noch Unbekannter ausgesprochen.

Sie saßen im Salon und unterhielten sich wie alte Freunde. Sie hätten sich eigentlich auch duzen können. Jérémies kleine Bemerkung rückte die Dinge endlich wieder zurecht: Gladys hatte sich unmöglich benommen.

Dimitri hätte sich gefreut, wenn sich Jérémie auch ein wenig geöffnet hätte. Er hätte gern gewusst, was geschehen war, warum er nicht mehr zur Arbeit ging, sich nicht rasierte, im Morgenmantel herumlief und erschöpft aussah. Aber er traute sich nicht, danach zu fragen.

Jérémie bot ihm kein Stück Kuchen zum Kaffee an, sondern einen Drink, von Gleich zu Gleich. Dimitri fühlte sich hier nicht als Schützling, wie bei Catherine, und er genoss diesen Aperitif. Der Whisky, den er aus Höflichkeit akzeptiert hatte, wärmte ihm die Brust. Er wünschte sich, dass dieser Augenblick andauerte, denn er ahnte, dass mehr davon zu erwarten war als diese sehr vernünftige Bemerkung, die ihn so erleichterte. Deshalb akzeptierte er, ohne zu zögern, Jérémies Vorschlag, eine Runde durch die Bars zu machen.

»Ich glaube, es wird uns beiden guttun, uns mal ordentlich zu betrinken«, erklärte der Designer, und Dimitri widersprach ihm nicht.

Ein paar Minuten später gingen sie die Rue de Lappe zur Bastille hinunter. Jérémie hatte sie in dieses Viertel geführt, das Dimitri kaum kannte. Er fühlte sich woanders, in einer anderen Stadt, fast im Ausland. Als sei Jérémie sein Führer, wie die Pariser, die ihren Cousins aus der Provinz die Hauptstadt zeigen. Dimitri, der noch wenige Wochen zuvor allein auf seinen Kiez am Odéon geschworen hätte, berauschte sich jetzt an der elektrisierenden Atmosphäre. In diesen Gassen hinter der nüchternen, von Autos verstopften Place de la Bastille und der Oper mit der hässlichen, unmodernen Fassade begegneten und mischten sich die Pariser, rieben sich aneinander. Und es funktionierte. Er ging mit seiner stattlichen Erscheinung die Straße entlang. Das Becken nach vorn geneigt, die Brust gewölbt. Verführerisch. Er wäre gern Gladys Delgado begegnet, um sie nicht zu bemerken. Sie sollte sehen, dass er durch die Straßen ging, ohne die Schultern hängen zu lassen. Die Rue de la Roquette war seine Bühne. Er erkannte die Wirkung seiner neuen Leichtigkeit auf die Mädchen. Und als er auf den Platz mit den vielen Cafés und dem ohrenbetäubenden Verkehrslärm kam, hob er die Augen zu dem Engel auf seiner Säule und sagte sich, dass er selbst lernen müsse, über den Dingen zu stehen. Nein, die Traurigkeit, Gladys Delgado verloren zu haben, war nicht verschwunden, dafür würde er noch Zeit brauchen. Aber er fühlte sich trotzdem viel besser. »Ich bin ein Pariser«, sagte er sich schließlich grinsend, »ein Bewohner der Stadt, in der zwei von drei Ehen geschieden werden. Absoluter Durchschnitt also.«

Nach zwei weiteren Treffen mit Robert fragte sich Catherine, wann sie endlich miteinander schlafen würden. Die erotischen Bilder, die ihr in den Sinn kamen, wurden präziser und drängender, sie hatte ohne jede Anstrengung zwei Kilo abgenommen, als bereite sich ihr Körper ohne ihr Zutun darauf vor, sich ihm zu zeigen.

Als sie sich mit Robert in einem chinesischen Restaurant traf, hatte sie beschlossen, den Sprung zu wagen. Das Lokal war im 13. Arrondissement, ganz in der Nähe des Hochhauses an der Porte de Choisy, in dem Robert seit zwanzig Jahren wohnte. Nachdem sie das Rindfleisch mit Mu-Err-Pilzen hinuntergeschlungen und ihre Schüssel mit Litschis in Sirup geleert hatte, zögerte sie die Bezahlung der Rechnung nicht länger hinaus und akzeptierte ohne Umschweife die Einladung auf ein »letztes Glas« bei ihm, von dem sie genau wusste, was es bedeutete.

Catherine musste am nächsten Tag früh aufstehen

und arbeiten gehen, aber jetzt hatte sie die ganze Nacht vor sich. Sie fühlte sich wie vor dreißig Jahren. Als Studentin hatte sie ein paar kurze Beziehungen mit jungen Männern gehabt, die ihr im Hörsaal über den Weg gelaufen waren. Schon an ihrer ersten Arbeitsstelle als Praktikantin in der Académie de Créteil hatte sie Roxannes künftigen Vater kennengelernt und bald geheiratet. Catherine hatte ihn sieben Jahre ertragen, wie es die Statistik vorschreibt, dann kam die Scheidung. Immerhin war sie ihm während der ganzen Ehe treu geblieben.

In den nächsten zwanzig Jahren hatte sie gelegentlich ein Verhältnis gehabt. Solche Beziehungen wurden jedoch immer seltener, und an diesem Abend hatte sie seit sechs Jahren mit keinem Mann mehr geschlafen. Das kam ihr plötzlich unfassbar oder vielmehr total unwahrscheinlich vor.

Catherine hatte sich oft gesagt, dass ihr der Sex nicht fehle, als wollte sie sich selbst davon überzeugen, denn es war natürlich alles andere als wahr. Sie wusste sehr gut, dass die Freuden des Geistes, anders als sie behauptete, die des Körpers keinesfalls ersetzten. Sie hatte Lust auf Robert, und wie! Dabei fühlte sie sich so unerfahren, als wäre es das erste Mal.

Er stand vor ihr und reichte ihr das Glas Wodka, um

das sie gebeten hatte. Er lächelte nicht, aber sein Blick war leuchtend und tief, wie von einem intensiven inneren Feuer genährt. Wenn sie ein Adjektiv hätte wählen müssen, um sich in diesem Augenblick zu beschreiben, wäre es »bebend« gewesen. Robert ahnte es, und seine Gesten waren unendlich behutsam. Er zog Catherine auf das Sofa, und sie lehnte den Kopf an seine Schulter, plötzlich ganz winzig neben ihm, wie neben einem Riesen. Sie schloss die Augen und dachte an nichts anderes mehr als an den brodelnden Körper neben sich, die wunderbare Wärme, die Berührung. Sie ließ die Versuchung in sich aufsteigen, die Schutzhülle der Stoffe abzulegen, und streckte Robert die Lippen entgegen.

Der Kuss überwältigte sie und gab ihr das Gefühl, die normale Welt zu verlassen, aus der Zeit zu fallen. Mehr war nicht nötig. Die Verschmelzung hatte begonnen. Das Ritual, das sich nicht mehr unterbrechen lässt. Ihre Körper schmiegten sich aneinander. Für ein paar Augenblicke schwand die Einsamkeit, auf der Welt zu sein.

Sie liebten sich.

Als sie im Bett neben Robert allmählich wieder zu sich kam, fühlte sie sich glücklich wie noch nie. Sie fragte sich, ob sie sich weiterhin von der Lust würde mitreißen lassen. Ob sie, da sie diese Intimität teilten, eine »Beziehung« begonnen hatten. Hatte Catherine damit den Status der Singlefrau aufgegeben? Wurde man so einfach ein Paar?

Die Fragen wirbelten durch ihren Kopf, aber Robert verjagte sie, als er sich zu ihr umdrehte und sich auf den Ellbogen stützte. Er sah Catherine an und legte die Hand auf ihren Bauch, die sie mit beiden Händen bedeckte. So übertrug er ihr seine Wärme. Rief sie zu sich zurück.

Also sah sie ihn an.

Sie fand ihn schön.

Nur das.

Diese Ruhe. Endlich.

Nur diese Wärme und diese Schönheit.

Und zum ersten Mal, seit sie ihn kannte, sagte sie sich nicht, dass sie oder dass sie nicht an seine Hautfarbe gedacht hatte. Dieser Gedanke war in dem Moment der Hingabe keine Sekunde lang in ihr aufgetaucht.

ZWEITER TEIL

Die Schalenform der mit dickem, senfgelbem Wollstoff bezogenen und auf einem Metallfuß stehenden neuen Sessel im Sprechzimmer war ein Musterbeispiel für das skandinavische Design der 1960er Jahre. Ève-Marie Saada hatte sie bei ihrem letzten Urlaub im Luberon im Geschäft eines bekannten Antiquitätenhändlers in L'Isle-sur-la-Sorge entdeckt und ein Vermögen dafür bezahlt. Sie war sehr zufrieden mit dem ebenso luxuriösen wie modernen Anstrich, den sie ihrem Zimmer gaben. An ihrem Geschmack hatte sie noch nie gezweifelt, sie war eine Meisterin in der Kunst der kontrollierten Selbstinszenierung. Daran hatten auch die dreizehn Jahre Analyse, die sie absolviert hatte, ehe sie selbst Analytikerin wurde, nichts geändert. Sie konnte diese Fähigkeit abrufen, sobald sich die Gelegenheit bot. Heute verwandte sie allerdings weniger Energie darauf, der »Selbstbeherrschungsrausch« hatte etwas mehr »Lockerlassen« Platz gemacht.

Die Einrichtung ihres Sprechzimmers sollte ebenso

beeindrucken wie Vertrauen erwecken. Mit zärtlichem Wohlgefallen betrachtete sie die Sessel und liebkoste mit dem Blick ihre eleganten Linien. Vom Leiden ihrer Patientin hatte sie genug.

Plötzlich rief eine Bemerkung dieser verrückten Électra Panagiotopoulos, die von ihrem Magenband wie von einem geliebten Gefährten oder einem Schutzengel sprach, Doktor Saada in die Wirklichkeit zurück. Die Patientin griff sie persönlich an und erklärte, sie bezahle nicht dafür, dass sie sich so typisch kleinbürgerliches altes Zeug kaufe.

Ève-Marie Saada dachte an ihren Mann Éric, der ihre Auswahl auch kommentiert hatte und das Sprechzimmer mit freundlichem Spott ihre »Junggesellenbude« nannte, als sei ihre berufliche Tätigkeit ebenso schuldbeladen wie das geheime Sexualleben eines jungen Mannes. »Schließlich arbeite ich hier«, sagte sich Ève-Marie, »ich verbringe meine Tage hier, das müssen die Patienten und Éric doch verstehen.« Sie bot gewissenhaft Sprechzeiten von Montag bis Sonnabend an, manchmal auch abends, um berufstätigen Patienten entgegenzukommen, obwohl sie das Kindermädchen teuer bezahlte, das an ihrer Stelle bei ihren Töchtern blieb. Deshalb war sie nicht bereit, Kritik hinzunehmen, und heute erst recht nicht.

Électra Panagiotopoulos legte noch eins drauf und fauchte, sie selbst sei halt keine Jüdin und könne es sich nicht leisten, Geld aus dem Fenster zu werfen.

Die Therapeutin befahl sich bei dieser Provokation wie üblich zu schweigen und ruhig zu bleiben. Sie ließ sich nicht aus der analytischen Reserve locken und sagte ihrer Patientin natürlich nicht, dass sie von ihren antisemitischen Projektionen genug hatte. Wenn man Ève-Marie Saada hieß, musste man nicht Jüdin sein. Mit diesem Namen stand man zwischen zwei Welten und konnte bei der Bar-Mitzwa der Cousins niemandem etwas vormachen. Man war die Tochter der Schickse, zwischen dem lieben Gott von Mama und dem von Papa aufgewachsen, als logische Folge immer schon Atheistin. »Ja, ich muss schweigen«, sagte sie sich noch einmal. »Die dicke Électra Panagiotopoulos ihren Innereien überlassen. Noch sechs Minuten warten und sagen, dass wir für heute Schluss machen. Die Patientin wird sich besser fühlen. Sie wird besänftigt nach Hause gehen, und ich kann heute Abend über das alles nachdenken, es in die richtige Perspektive rücken, während Éric eine neue Folge der vierten Staffel von *Dexter* sieht. Ich werde allein an meinem Schreibtisch sitzen, Notizen machen und meine Ruhe wiederfinden.«

Sie begleitete Électra Panagiotopoulos zur Tür ihres Sprechzimmers und vergewisserte sich – als wäre das denkbar! –, dass niemand während der Sitzung eine Mesusa an den Türrahmen gehängt hatte. »Ich werde auch schon verrückt«, dachte sie auf dem Weg zum Wartesaal, wo sie ihren nächsten Patienten abholte.

Eigentlich war es ein anderes Bild, das Ève-Marie nicht aus dem Kopf ging, das Bild ihres Bruders, sein spöttisches Grinsen letzte Woche bei ihrer Mutter. Sie konnte die nagende Wunde nicht schließen, die ihr Jean-Christophe mit seinem Spott beigebracht hatte, Jean-Christophe, ihr kleiner Bruder, der jetzt, wo ihr Vater Salomon seit drei Jahren tot war, seine jüdische Kultur wiederzufinden versuchte, die er sein Judentum nannte. Jean-Christophe hatte also zu Ève-Marie, die Wurst aß, gesagt: »Wie kann man so Goi sein?« Dieser Scherz, in dem sie sofort Montesquieus berühmte Frage »Wie kann man Perser sein?« erkannt hatte, hätte sie amüsieren und ihre Vertrautheit als erlesene Literaturkennerin kundtun lassen können, vor allem im Beisein ihrer Tante Catherine, einer Französischlehrerin, die ihre Mutter an diesem Abend eingeladen hatte. Ihre Mutter lud zum Schabbatmahl ein, obwohl sie Katholikin war …

Als Jean-Christophe diese Bemerkung machte, hatte

Éric gelacht, ihre Schwägerin Rachel hatte die Augen gesenkt, und Ève-Marie hatte plötzlich tiefe Niedergeschlagenheit verspürt, als würde der Himmel auf ihren Gallierkopf stürzen und sie erdrücken. Wie konnte sie so Goi sein, anders gefragt, wie konnte sie die Tochter ihrer Mutter sein, dieser liebenswürdigen Witwe, die sie jeden Freitagabend empfing und ihnen ohne Hintergedanken Wurst zum Aperitif anbot? Salomon hatte auch Wurst gegessen. Wie konnte Jean-Christophe, ebenfalls getauft – das war seiner Mutter wichtig gewesen –, der kleine Bruder mit dem ebenso gemischten Namen wie ihrem, ihr ebendiese Mischung vorwerfen? Konnte er wirklich vergessen, dass sie immer schon dessen seltsamen Klang trugen? Dass sie Früchte einer Mesalliance waren, ob sie wollten oder nicht? Bei der Heirat, als sie die Gelegenheit nutzen und Érics Namen hätte annehmen können, hatte sie lieber den ihres Vaters behalten. Sie hatte dreizehn Jahre Analyse gebraucht, um das Nachdenken über ihre Identität abzuschließen. Ja, dreizehn Jahre. Und dann traf sie diese Bemerkung wie eine Ohrfeige.

»Ich finde das nicht lustig«, hatte sie geantwortet. »So etwas sagt man nicht, wenn man jemanden mag.«

Ihre Mutter hatte sie flehend angesehen. Ève-Marie hätte aufhören müssen. Sie hätte es ertragen müssen, so beschimpft zu werden, für die Familienharmonie, diese oberflächliche Fröhlichkeit. Ihr war bewusst, dass sie sich nicht so verhielt, wie man es von ihr erwartete, erst recht nicht seit dem Tod ihres Vaters. Es kam ihr so vor, als würden sie in Ermangelung einer echten Bindung alle spielen, sich necken und eine kindliche Vertrautheit heucheln, aber Ève-Marie hatte Verstellung nie gemocht. Sie ertrug es auch nicht, wenn man ihr sagte, eine Familie sei eben so. »Dann muss es eben etwas anderes sein«, sagte sie sich. »Man darf sich nicht in den kollektiven Neurosen einschließen, sonst krepiert man daran.« Sie wusste schon, weshalb sie Psychiaterin geworden war. Sie erinnerte sich noch gut an die Jahre der Verzweiflung am Ende der Pubertät und an die heftigen Gefühle, die sie während der Facharztausbildung packten, wenn Studenten an Fällen wie ihrem gearbeitet hatten. Sie erinnerte sich bestens an diesen unergründlichen Schwindel und wollte ihn nicht noch einmal erleben.

Als Éric ihre Betroffenheit und ihren Zorn bemerkte, hörte er auf zu lachen und legte ihr die Hand auf den Arm. Eine sehr sanfte Geste, um sie zum Schweigen, zum Verzicht auf einen Streit zu bringen. Also tat sie, was man von ihr erwartete, und schwieg. Wenigstens war es ausgesprochen.

Sie hatte gespürt, dass sie sich unter Érics Berührung, dieser zärtlichen, harmlosen Geste, innerlich verkrampfte. Stellte er sich auch auf die Seite dieser Familie, die man um den Preis des Schweigens bewahren musste? Éric, ihr Gefährte in jeder Situation, der ihr zwei schöne Töchter geschenkt hatte. Éric, auf den sie sich seit Studienzeiten immer hatte verlassen können. Ihr Mann seit so vielen Jahren, intelligent und verständnisvoll. War es möglich, dass Éric, ihr treuer Éric, jetzt auf die Seite derer gewechselt war, die schwiegen und sich gegen sie verbündeten? Sie wusste, dass sie im Recht war. Sie wusste, dass sie keinen Rückzieher machen würde. Und dass ihr Jean-Christophe für Wochen, wenn nicht gar Monate böse sein würde. Aber sie hatte es einmal aussprechen müssen, auch wenn sie sich damit vor ihrer Tante bloßstellte. Denn wenn man die Dinge für sich behält, tötet man sie allmählich. Sie hatte Éric eindringlich angesehen, bis er den Blick senkte. Dann hatte sie sich demonstrativ noch ein Stück Wurst genommen.

»Will sie das Schwein verschwinden lassen, indem sie es verschlingt?«, hatte sich Catherine gefragt. Sie folgte der Szene und versuchte, das Verhalten ihrer Nichte zu analysieren, um die Verlegenheit zu verdrängen, in die sie die Situation brachte. »Oder integriert sie es in einer demonstrativen Opfergeste in sich selbst?«

Sie hatte auch Lacan gelesen. Sie hatte sogar für seine Theorie vom »Namen des Vaters«, das Spiegelstadium und den Rückgriff auf den Strukturalismus geschwärmt, von dem sie besonders begeistert war. Sie hatte Freud, Jung und andere, weniger bekannte Autoren verschlungen, auch wenn sie selbst nie eine Analyse begonnen hatte. Ab vierzig hatte sich das Verhältnis zwischen Fiktion und Sachbuch in ihrer Lektüre allmählich umgekehrt. Als Studentin hatten sie Theorie und Kritik gelangweilt, inzwischen verschlang sie Bücher über Ökonomie, Philosophie, Soziologie und Psychoanalyse. Sie war auf keinem dieser Gebiete eine Spezialistin, fand es aber spannend, neue Bereiche zu erkunden und sich geistig weiterzuentwickeln. Darin war sie meilenweit von ihren Kollegen entfernt, die sagten, sie würden seit Beginn ihrer Berufstätigkeit stagnieren. Mit fünfzig hatte sie einen distanzierten Blick auf die Dinge, sogar auf die Literatur, die sie anders unterrichtete als früher. Sie hatte klarere Vorstellungen und mehr Abstand.

Deshalb hatte sie an diesem Abend auch ihre Nichte ohne die diffuse Furcht beobachtet, die sie ihr noch zehn Jahre zuvor eingeflößt hätte. Die Tatsache, dass sie Doktor der Psychiatrie und Psychoanalytikerin war, stellte keine Hürde mehr dar. Catherine fand sie eher zerbrechlich und menschlich in diesem kurzen, heftigen Wortwechsel, der verriet, wie empfindlich sie war. Sie hatte in ihr das sensible Kind wiedergefunden, das sie wegen der Familienstruktur lediglich aus der Ferne hatte aufwachsen sehen. Ihre Schwester Jacqueline war sechzehn Jahre älter als Catherine und hatte sich ihr Leben in Paris schon viel früher als sie eingerichtet, was ihren Kontakt einschränkte.

Catherine hatte sich auch überlegt, dass sie Ève-Marie eigentlich kaum kannte und wahrscheinlich viel von ihr lernen könnte, wenn sie ihr mehr Interesse entgegenbrachte.

Das würde sie auf jeden Fall bald tun.

Der Zwischenfall bei ihrer Mutter beschäftigte Ève-Marie weit mehr, als sie sich vorgestellt hätte. Noch zwei Wochen später konnte sie die Folgen nicht wirklich ermessen. Als sie an einem Samstagmorgen mit bedächtigen Schritten durch den Jardin du Luxembourg schlenderte, merkte sie auf einmal, dass ihr unerhörte Gedanken durch den Kopf schossen. »Ich werde doch Éric nicht betrügen!«, sagte sie sich. »Nein, ich werde Éric nicht betrügen, ich werde mich nicht auf die Suche nach irgendeinem Abenteuer machen.« Für die vierzigjährige Ehefrau und Mutter war der Gedanke, ihren Mann zu betrügen, wie ein Ventil, eine kathartische Fantasie, die sie von allem befreien würde, zum Beispiel von den familiären Spannungen, diesem Kessel voll Schwefelsäure, der seit jenem Abendessen in ihr brodelte.

Wenn sie weiterging, würde sie bald das schwere Hoftor der Société Psychanalytique de Paris aufstoßen und dort wie jeden Samstagmorgen acht andere Analytiker zur wöchentlichen Supervision treffen, damit ihre Arbeit als Therapeutin nicht mit ihrem Privatleben kollidierte. Wenn sie sich auf den Stuhl im Redekreis setzte, würde sie sich Sébastien Laroche gegenüberfinden, dem möglichen Objekt ihrer Fantasien. Also blieb sie stehen, wischte einen der berühmten Metallstühle des Luxembourg ab und setzte sich. Die Zeit verstrich. Sie ließ in sich das neue Gefühl heranreifen, eine böse Göre zu sein, die ihre Gruppenstunde schwänzte. Und vielleicht sogar ihre Nachmittagstermine.

Ève-Marie Saada, die einmal eine der jüngsten Absolventinnen Frankreichs gewesen war, die Mutter wunderbarer Kinder, liebevolle Ehefrau und aufmerksame und geduldige Tochter, weigerte sich an diesem Tag weiterzugehen. Es war keine wilde Revolution. Eher eine samtene. An diesem Morgen schien die Sonne. Kinder spielten mit ihren Segelbooten im Wasserbecken. Ein Klischee aus den 1940er Jahren, eine Ansichtskarte von Paris. Ève-Marie löste ihr Haar und schob die Stiefeletten von den Füßen. Sie lächelte und beobachtete einen reizenden Papa, der seinen Sohn, einen eingemummelten Knirps mit einem Boot in der Hand, nicht aus den Augen ließ.

»Und wenn ich Éric betrüge, wenn ich mit allem Schluss mache, wenn ich mir Zeit für mich nehme?«

Die Familienväter am Wasserbecken gaben ihren Sprösslingen liebevolle Ratschläge. Das rührte sie. Zum ersten Mal seit fast zwanzig Jahren, eigentlich seit sie ihre Facharztausbildung zur Psychiaterin begonnen hatte, versuchte sie nicht herauszufinden, welche dieser Familien pathogen war. Sie fragte sich nicht, welches Kind schizophren oder psychotisch war. Nein, Ève-Marie entdeckte in der schüchternen Wintersonne dieses Samstagmorgens, dass sie nicht da sein musste, wo man sie erwartete, und, ebenso berauschend, da sein konnte, wo man sie nicht erwartete.

Sie rief sich die Orte in Erinnerung, die sie in der Kindheit gemocht hatte und mit denen sich fröhliche Gefühle verbanden. Sie sah sich in dem mit Aloe bewachsenen Garten einer Villa in Cavalaire spielen, die Dune du Pilat besteigen oder inmitten eines Taubenschwarms über einen Platz in Lyon rennen, dessen Namen sie nicht kannte. Sie erinnerte sich außerdem an den Bauernhof ihrer Großeltern in Yonne, wo damals auch ihre Tante Catherine noch gewohnt hatte. Ein Hof, wo sie einen oder zwei Nachmittage lang glücklich gewesen war, als sie mit Cousins und Cousinen, die sie später nie wiedergesehen hatte, den Tieren hinterherrannte. Aber das Bild war hoffnungslos verschwommen, sie hätte die Hilfe ihrer Mutter oder von

Tante Catherine gebraucht, um ihm die Schärfe zurückzugeben, und das, nein, das wollte sie nicht. Das war nicht die Richtung, in der sie suchte.

Also beobachtete sie wieder die Väter und fragte sich, welcher sich zu etwas körperlicher Nähe mit ihr bereitfinden, sich der Unbekannten ohne Zurückhaltung hingeben würde, falls es zum »Akt« käme. »Ich bin ein Spielzeug meiner Triebe«, sagte sie sich. »Das ist bescheuert. Ein einziger Satz meines Bruders, und schon ertrinke ich in den Qualen der Vierzigerin.« *Johannistrieb* hatte ihre Mutter dazu gesagt und den Vater vorwurfsvoll angesehen. Jetzt endlich verstand Ève-Marie den tieferen Sinn dieses Ausdrucks. Sie fragte sich, ob sie ihm nachgeben würde, wie ihr Vater und vor ihm gewiss dessen Vater. Der Johannistrieb, ja. Der Versuch, das Erbe ihres Vaters weiterzutragen, indem sie in eine merkwürdig männliche Rolle schlüpfte, in Rivalität zu ihrem Bruder trat. Sie mit ihrer *Junggesellenbude*! Ein Satz von Jean-Christophe, eine Geste von Éric. Mehr war nicht nötig gewesen.

Sie saß im Jardin du Luxembourg, ließ ihre Therapeutenkollegen sich ohne sie therapieren, wie sie etwas später auch ihre Patienten vergebens warten lassen würde. Sie streckte die Beine aus, lag beinahe auf ihrem Stuhl, dessen Design sie früher gewürdigt und in Gedanken dem Fermob-Katalog zugeordnet hätte. Sie hätte seine besondere Farbe zwischen Kaki und Patina, Eisenkraut und Lehm geschätzt. Aber an diesem Morgen schlief sie mitten im Jardin du Luxembourg einfach ein.

Catherine bekam eine Mail auf ihr neues iPhone. »Komm doch mit Deinem Freund«, schrieb ihr Jacqueline, die sie wieder zum Abendessen einlud. Am Ton der Mail spürte sie, dass die Familie neugierig auf den Neuen war, umso mehr, als sie ihnen seit ihrer Scheidung niemanden mehr vorgestellt hatte. Sie hatte bei ihrem letzten Besuch von Robert erzählt, und jetzt fragte sie sich paradoxerweise, ob sie mit ihrer Schwester vertraut genug war, um ihn ihr vorzustellen. Jacqueline Saada hatte es früh zu einem beneidenswerten sozialen Status gebracht. Sie wohnte in einer großen Wohnung in der Rue du Cherche Midi, die ein kühner Innenarchitekt neu gestaltet hatte. Ihre Kinder hatten das renommierte Lycée Montaigne besucht, dann hatte Ève-Marie Medizin und Jean-Christophe Ingenieurwesen studiert. Catherine hatte es trotz ihres Diploms nie geschafft, Arbeit in Paris zu finden. Sie hätte engeren Kontakt zu ihrer älteren Schwester pflegen, nette Stunden mit ihr und ihrer Familie verbringen können, aber trotz Jacquelines häufigen Einladungen hatte sie meistens nicht den Mumm gehabt, für einen Abend fröhlich zu sein und dann in ihre umso schmerzhaftere Einsamkeit zurückzukehren. Seit ihrer Scheidung vor neunzehn Jahren und vor allem, seit Roxanne nach Kalifornien gegangen war.

Auf dem Weg zum Centre Georges-Pompidou, wo sie mit Robert eine Matisse-Ausstellung sehen wollte, erinnerte sie sich, wie die Eltern in Yonne mit den Zähnen geknirscht hatten, als sie erfuhren, dass Jacqueline einen Juden heiraten würde. Sie beschloss, die Einladung anzunehmen. Natürlich, Jacqueline wusste, was es kostete, einen Partner zu wählen, der nicht »dazugehörte«! Sie begriff endlich, warum ihre große Schwester den regelmäßigen Kontakt zur Familie zwar weiter gepflegt hatte, aber dennoch recht gleichgültig wirkte.

Catherine steckte das Telefon in die Tasche und sagte Robert, der neben ihr lief: »Ich habe eine Mail von meiner Schwester bekommen. Wir essen am Freitagabend bei ihr.« Es war das erste Mal, dass sie eine Verabredung für sie beide traf, obendrein, ohne ihn vorher zu fragen.

Er verstand, dass keine Diskussion möglich war, und stimmte gern zu, offenbar war die Familie für Catherine wichtiger, als er bisher vermutet hatte.

War Robert Diop beeindruckt, als er zu Jacqueline Saada kam? Gefiel ihm der seltsame Schnitt der Wohnung, deren vier Schlafzimmer sich unten aneinanderreihten, während das Wohnzimmer oben lag, am Ende einer modernen Treppe aus Glas und Metall? Bemerkte er die schwarz-goldenen Glastüren, die ziegelroten Wände und die kleinen Hightech-Spots, die eine gedämpfte Atmosphäre schufen und dem Ganzen irgendwie einen New Yorker Stil verliehen, der in diesem Bürgerhaus aus dem 19. Jahrhundert eher deplatziert wirkte? Catherine fragte ihn nicht. Sie, die sich sonst um jedes Detail sorgte, hatte beim Ankleiden keinen Moment gezögert und verhielt sich jetzt ganz natürlich und spontan. Früher hatte sie sich bei der Familie nicht so wohlgefühlt. Sie umarmte Jacqueline, reichte ihr die Flasche Chablis, die sie als Augenzwinkern für ihre Heimatregion gekauft hatte, und stellte ihnen Robert mit einer Selbstsicherheit vor, die alle uberraschte.

Ève-Marie war beeindruckt von der Metamorphose ihrer Tante, die sie immer für etwas verklemmt, nicht unangenehm, aber eher einschläfernd gehalten hatte. »Die Liebe verandert sie mehr als jede Analyse«, dachte sie, als sie sie so strahlend, so ungezwungen bei den Ihren stehen sah. Sie griff nach der Hand von Éric, der mit Catherine plauderte, und zog zärtlich daran. Er streichelte sie, ein Zeichen der Zusammengehörigkeit, der liebenden Vertrautheit, und sie fühlte sich ruhig. Nicht völlig entspannt, nein, das noch nicht, die Gefahr eines Konflikts mit Jean-Christophe war noch nicht gebannt, das Familienterrain noch nicht entmint. Aber ruhig, das ja.

Catherine, deren Anwesenheit mit Robert wie ein Pflichtbesuch hätte wirken können, machte den Abend angenehm. Sie erinnerte zartfühlend an Salomon, als sie Robert die Familienstruktur erklärte. Dann ließ sie Großtanten mit unbekannten Namen auferstehen, die auch Jacqueline mit ihrer Kindheit verbanden, einer versunkenen Welt, von der sie niemals sprach.

»Sie hat die Schlüssel«, sagte sich Éve-Marie, während sie ihnen zuhörte. »Sie muss wissen, wie und warum meine Mutter aus Yonne weggegangen ist, ohne zurückzuschauen.« Sie stellte sich zum ersten Mal vor, dass sie sich allein mit ihrer Tante treffen und Catherine ihr einige Geheimnisse offenbaren könnte. »Was weiß sie über uns, das wir nicht wissen?«, fragte sie sich, wagte aber nicht, die Frage laut zu stellen, weil sie wusste, dass es nicht der passende Rahmen für so ein Gespräch war. Ève-Marie hatte keine Angst davor, Leichen auszugraben, nicht einmal, sie aus dem eigenen

Keller zu holen. Das hatte schon während der Analyse stattgefunden. Sie hatte tief genug gegraben, um zu finden, was gefunden werden musste. Aber Catherine konnte ihr sicher helfen, die Grabungen in alte Familienschichten fortzuführen, bei den Gojim, jener Seite, vor der ihre Mutter geflohen war, ohne ihren Kindern je zu sagen warum. Sie waren nach dieser Flucht in ihr Leben gekommen, in Paris geboren und als Pariser aufgewachsen.

Während sie mit ihrer Nichte plauderte, die nur zehn Jahre jünger war als sie, überlegte sich Catherine, dass Ève-Marie ihr sicher noch viel über Analyse erzählen könnte. Sie wollte die theoretischen Grundlagen der Psychologie des Exils verstehen, um Robert und seine Kinder, Dimitri und Angélique, besser kennenzulernen. Unbewusst hatte sie wohl auch Lust, ihr eigenes Exil besser zu begreifen, hatte sie sich doch aus der ländlichen Einfachheit losgerissen, um eine kultivierte Städterin zu werden.

Robert Diop fand ganz natürlich seinen Platz in den klugen und freundlichen Gesprächen der Anwesenden. Er schätzte die Herzlichkeit, mit der ihm diese Familie begegnete, die daran gewöhnt war, sich nicht um das Urteil der anderen zu kümmern.

»Irgendwie haben wir Schabbat gefeiert, ohne ihn zu feiern«, fasste er Catherine gegenüber zusammen, als sie im Fahrstuhl nach unten fuhren, »und deine Nichte und dein Neffe sind Juden, ohne es zu sein.«

»Genau so ist es«, antwortete sie. »Juden, ohne es zu sein, wie du ein Schwarzer bist, ohne es zu sein, und wir alle Pariser, ohne es zu sein.«

»Ève-Marie scheint dich sehr zu mögen«, fügte Robert noch hinzu.

»Ich mag sie auch sehr«, sagte Catherine begeistert. »Wir wollen in den nächsten Wochen mal irgendwo bei Arts et Métiers einen Kaffee trinken.«

Das hatten die beiden Frauen beim Abschied beschlossen.

»Sie sind schwarz, Punkt.«

Doktor Saada sprach so entschlossen, wie sie konnte, um Dimitris gedanklichem Hin und Her ein Ende zu machen. Sie wollte, dass er diese Tatsache als Grundlage ansah, die er in jedem Fall akzeptieren müsse. Etwas anderes war nicht möglich. Die heutige Sitzung sollte zumindest dazu dienen, diese Gewissheit zu erlangen. »Er setzt ganz und gar auf seinen Körper«, dachte sie, »er hat sich mit seinen Gewichten eine Traumfigur geformt, und jetzt ist er völlig aus dem Konzept.«

»Sie sind schwarz, Punkt.«

Als sie an diesem Tag vor dem gut aussehenden jungen Mann saß, der sein Äußeres ablehnte, als sei es der Schlüssel seines Schmerzes, warf sie ihm diese Wahrheit an den Kopf, die ein Ausgangspunkt sein sollte, kein unüberwindlicher Horizont. Es ging nicht um einen Verzicht, sie empfahl ihm nicht das zweitklassige Leben derer, die nicht kämpfen. »Es ist so«, sagte sie sich. »Dimitri Diop ist schwarz, und ich bin die Tochter einer Katholikin und eines Juden. Es ist nicht einmal nötig, das zu akzeptieren. Es ist eine Tatsache.«

Dimitri wiederholte den Satz, den sie gerade ausgesprochen hatte, und ersetzte das »Sie« durch »ich«, übernahm die Aussage über seine Identität in einem Akt heilsamer Aneignung.

»Ich bin schwarz. Punkt.«

Er schwieg einen Moment, ehe er den Faden seines Monologs wieder aufnahm.

»Ich bin stolz auf Sie«, dachte Ève-Marie, aber sie sagte es nicht, weil sie ihre analytische Neutralität wahren musste. In der Stimme ihres Patienten hörte sie diffuse Melancholie, einen Grundton der Trauer. Dimitri war dabei, die Vorstellung, die er sich bisher von sich selbst gemacht hatte, aufzugeben, die Vorstellung, dass er vielleicht nicht schwarz zu sein brauchte, nicht schwarz sein musste, oder es zumindest hätte vergessen können. »Jetzt sind wir so weit«, dachte sie. »Er lässt seine Rüstung fallen. Er ist wie die Larven der Zikaden, die ihre Hülle an den Bäumen hängen lassen, von denen sie auffliegen. Wie die Schlangen, deren Häute ich gefunden habe, wenn ich früher während der Ferien in Cavalaire in den Hügeln der Provence spazieren ging. Er häutet sich. Es ist die Zeit der Mauser.«

»Und ich?«, fragte sich Ève-Marie beunruhigt.

Bei ihr vollzog sich tatsächlich eine zweite Häutung, auch wenn sie das nicht für möglich gehalten hätte. Sie hatte gedacht, die erste, die sie während der Analyse durchgemacht hatte, sei die einzige, also die letzte. Aber sie hatte nicht mit ihrem Bruder und seiner Brutalität gerechnet. Nicht mit ihren Patienten und deren Projektionen. Nicht mit ihrer Tante, die sie heute als Erbin der Familiengeschichte der Tournants erkannte. Catherine, die von ihren Eltern anstelle der älteren Tochter Jacqueline als Hüterin der Erinnerung auserwählt worden war. Ohne ihr Zutun.

»Wir machen für heute Schluss«, sagte sie zu Dimitri.

Nachdem sie ihn zur Tür gebracht hatte, machte sich Ève-Marie in der kleinen Küche einen Nescafé. Sie goss heißes Wasser in den orangebraunen Becher, den sie mit beiden Händen umschloss, als sei ihr kalt. In diesem Augenblick fühlte sie sich unendlich allein, aber auch unendlich friedlich. Sie ließ ihre Gedanken schweifen und stellte sich das Alltagsleben vor, das früher hier stattgefunden hatte, als eine Familie in dieser großbürgerlichen Vierzimmerwohnung lebte. Hier arbeitete sie schon seit acht Jahren mit ihren beiden Kollegen, der Endokrinologin und dem Zahnarzt. Das vierte Zimmer war ihr gemeinsamer Wartesaal. »Die Wohnung ist auch die Hinterlassenschaft einer Häutung«, dachte sie. »Eine Hülle, die ihre früheren Bewohner zurückgelassen haben. Aber was soll man machen? Man muss seine alte Hülle dem Wind überlassen.«

»Was weiß ich eigentlich vom Exil?«, fragte sich Catherine, fest entschlossen, ihrer Nichte demnächst bei ihrem Treffen die Fragen zu stellen, die sie bestürmten. »Ja, was weiß ich vom Exil und davon, wie es Robert prägt? Folgt man am Ende immer einer inneren Macht und kehrt in das Land seiner Väter zurück? Kann man im Exil glücklich sein? Kann man sich wirklich an diejenigen binden, die man dort trifft?« Catherine stellte sich diese Fragen und schämte sich dafür, sie sagte sich immer wieder, dass Robert Geschichtslehrer war, dass er Senegal nicht oder kaum gekannt hatte, nur ein paar Kindheitsjahre lang. Dass auch seine verstorbene Frau in Frankreich aufgewachsen war und dass er sie damals nicht geheiratet hatte, weil sie aus Mali kam. Aber sie rezitierte sich auch die Verse von Senghor, *Nackte Frau, schwarze Frau*, eine Hymne an die afrikanische Schönheit, die sie mit ihren Schülern las und selbst auswendig konnte. »Ich habe so viele Schüler mit afrikanischen Wurzeln«, dachte sie. Und plötzlich machte sie das Bild dieser Frauen mit blauer, glänzender Haut, mit Bäuchen wie Instrumente, wie die Trommeln der Liebe – *Geschnitztes Tam-Tam, gespanntes Tam-Tam, du tosest unter den Fingern des Siegers* –, irgendwie traurig. Sie konnte ihnen nicht Paroli bieten, weil sie sich mit fünfzig Jahren weniger hübsch als früher fühlte, weil ihre Haut die Sonne immer schon schlecht ertragen hatte und weil sie tief in sich nicht verstand, was es hieß, einen Mann mit einer anderen Hautfarbe zu lieben. »Bin ich so verklemmt? Bin ich wirklich so von Vorurteilen geprägt? Wird Ève-Marie mir helfen, mich zu verstehen?«

Wie immer, wenn sie in Bedrängnis war, suchte sie Trost in der Literatur. Sie ging in ihre Lieblingsbuchhandlung *Charactères* und kaufte einen Gedichtband von Aimé Césaire, einen Roman von Patrick Chamoiseau und einen anderen von Édouard Glissant. Sie traute sich nicht, die junge Buchhändlerin zu bitten, ihr andere schwarzafrikanische oder kreolische Autoren zu empfehlen, bedauerte innerlich, sich so schlecht auszukennen. Während sie durch die vertrauten Regalreihen der Buchhandlung lief, sah sie nicht klarer als bei Robert. Sie bezahlte ihren Einkauf an der Kasse, lächelte freundlich, wie immer, aber voller Ratlosigkeit. Die Buchhändlerin, die sie als treue Kundin kannte, erinnerte sie daran, dass am nächsten Freitag der Romanautor Nicolas Meunier zur Signierstunde in der Buchhandlung sein würde. Sie dankte ihr für die Information, versicherte, sie werde versuchen zu kommen.

Catherine wusste, dass die eben gekauften Bücher ihre tiefgehenden Fragen nicht beantworten würden, und beschloss, sich einer Realitätsprobe zu unterziehen. Wikipediaseiten über Senegal würden sie nicht weiterbringen. Sie hatte Lust, vor ihrem Treffen mit Ève-Marie, der sie ihre geheimen Zweifel offenbaren würde, ganz praktisch in ihre Probleme einzutauchen.

Sie brauchte gar nicht weit zu gehen. Die Rue Rambuteau entlang, dann den Boulevard de Strasbourg, und zehn Minuten später war sie an der Metrostation Château-d'Eau, im Viertel der Afro-Friseure, durch das sie fast täglich mit dem Bus fuhr, ohne je auszusteigen. Sie fürchtete nicht um ihre Sicherheit. Sie hatte viel Erfahrung mit jungen Leuten und ihrem Gehabe, sie hatte gelernt, auch aggressivem Auftreten zu begegnen, indem sie ihnen zeigte, dass sie keine Angst hatte. Aber sie hatte bisher nie die Erfahrung gemacht, die einzige Weiße inmitten von Schwarzen zu sein. »Heute ist es so«, sagte sie sich.

Sie stellte zunächst fest, dass sie tatsächlich die einzige Weiße am Metroausgang war. Auf beiden Seiten des

Boulevard de Strasbourg reihten sich grelle Auslagen mit glitzernden Namen aneinander. *Ebenholzfrisur*, *Zopfsalon*, *Afro King*, *Black and Beautiful*. Sie ging in den erstbesten Laden, dessen Auslage aus Spiegelstücken bestand, die in der blassen Märzsonne funkelten. In den weißen Regalen, wohlgeordnet wie eine moderne Apotheke, drängten sich alle möglichen Pflegeprodukte für krauses Haar. Entkrausungscremes, Salben zum Entwirren, Balsame zum leichteren Kämmen, auf allen Flaschen lächelten hübsche Gesichter die Kundinnen an. »Ich bin wie sie«, sagte sich Catherine, während sie durch ein zweites und drittes Geschäft spazierte. »Wir sind Frauen, wir färben uns das Haar, und wir pflegen unsere Erscheinung.« Als sie an der Kasse wartete, um eine Feuchtigkeitsmaske mit Sheabutter zu kaufen, deren Duft sie sehr mochte, bekam sie mit, dass die Kundin vor ihr die Stimme senkte und die Kassiererin um eine Pomade zur Aufhellung der Haut bat, deren Verkauf verboten war.

Dieser Handel mit der weißen Haut als Verheißung des Glücks überforderte Catherine plötzlich. Sicher, auch sie hatte eine andere werden wollen, als es ihr bei der Geburt in einem kleinen Dorf im Departement Yonne bestimmt war. Und sie hatte es geschafft. Aber niemals wäre sie auf den Gedanken gekommen, ihre

Hautfarbe zu ändern. Daran änderte auch die Freude nichts, wenn sie trotz ihrer Empfindlichkeit etwas Farbe bekam.

Sie brachte die Sheabuttermaske zurück, verließ das Geschäft und lief den Boulevard weiter bis zur Gare de l'Est. Anstatt direkt nach Hause zu gehen, setzte sie sich in das Café im Hof des Maison de l'architecture, eines früheren Rekollektenklosters. Das war vertrautes, beruhigendes Terrain. Ein so stilvoller Ort. Sie kam gern im Frühjahr hierher, wenn es schön war und sie ihr Laptop auf einen der kleinen runden Tische im Hof stellen konnte, um Tagebuch zu schreiben und einen Kaffee zu trinken. »Die Memoiren einer Eselin«, sagte sie sich oft. »Ich bin so naiv wie ein kleines Mädchen, das zum ersten Mal ein Buch der Comtesse de Ségur liest.« Diesmal blieb sie drinnen. Sie holte das Laptop aus der Tasche, klappte es so liebevoll auf, als öffnete sie eine Schmuckschatulle, und begann zu tippen. Sie gab ihren Gedanken des Tages oft eine Überschrift, diesmal war es »Catherine und andere Katastrophen«. Sie fügte zwei Leerzeilen ein und begann die Bilanz ihres morgendlichen Ausflugs: »Die Angst der weißen Frau«.

Diese Worte hatten eine Wirkung, die sie sich nicht hätte vorstellen können. Catherine schaute auf und richtete den Blick ins Leere, sie hätte am liebsten geweint. Sie fragte sich, ob ihre Beziehung zu Robert eines Tages an der Tatsache scheitern würde, dass sie weiß war und nichts dagegen tun konnte.

Plötzlich hatte sie Lust, seine Stimme zu hören, und sie rief ihn per FaceTime mit dem iPhone an. Sie plauderten einen Moment. Seine warme Stimme tat ihr gut, und sein Anblick, sein schönes, ausdrucksstarkes Gesicht auf dem Display, neben dem Minibild, auf dem sie ganz winzig und blass zu sehen war, beruhigte sie. Sie legten auf. »Ich hab eine Macke«, dachte sie, »ja, ich bin total bescheuert.« Sie schrieb: »Wir sind im Jahr 2012, und ich entdecke die Realität der Rassenproblematik. In welcher Welt habe ich bis heute gelebt?«

Etwa zur gleichen Zeit machte Natacha Jackowska die Erfahrung, schweigen zu müssen. Madame Tournant hatte die Schüler pausenlos ermahnt, dass ihr ständiges Schwatzen auch in der Arbeitswelt keinen Platz finden würde, wo Eifer und Konzentration gefragt seien. Sie hatten es nicht geglaubt, doch jetzt musste Natacha zugeben, dass es absolut zutreffend war. »Ich mach dich kalt!«, dachte sie, als Malaurie von ihr verlangte, von vorn anzufangen, aber sie biss sich auf die Zunge. Sie brauchte das Geld, die paar Hundert Euro, die ihr dieser Halbzeitjob einbrachte, also wandte sie sich wortlos dem Modell zu, an dem sie arbeitete. Sie entfernte alle Stecknadeln, legte sie in das Kästchen, passte auf, dass es nicht umkippte. Sie unterwarf sich den Spielregeln der anderen Mädchen. Der Aberglaube im Atelier war ihr schnell aufgefallen, es brachte Unglück, wenn das Kästchen umkippte, aber ein paar Nadeln drinblieben. Also passte sie auf, obwohl sie nie an irgendwas geglaubt hatte. »Sie sind einfach zu blöd«, sagte sich Natacha und lächelte den Mädchen, die sie wahrscheinlich für noch blöder hielten, freundlich zu. Sie sah Malaurie an, die kleine, strenge Frau, eingeschnürt in ihrer Größe 34, einem gerade geschnittenen Tweedrock von Chanel, von dem sie ständig erzählte, sie habe ihn selbst genäht. Ihr Kurzhaarschnitt, ihre honigfarbene Haut. »Sie ist eine alte Schachtel«, dachte Natacha. »Ich krieg alles hin, was ich will, und diese alte Schachtel wird mir nicht im Weg stehen. Ich bin nicht Natacha Jackowska, um mich von irgendwem beeindrucken zu lassen.«

Sie hatte in Malauries Manteltaschen gestöbert, als diese ein paar Minuten draußen war, um mit einem Lieferanten zu sprechen, und festgestellt, dass das nicht ihr richtiger Vorname war. Bestimmt hatte sie sich selbst Anfang der 1990er so umgetauft, als der Name in Mode war, weil ein paar Fernsehsternchen, die ihn trugen, für Schlagzeilen sorgten. Auf ihrem Ausweis hieß Malaurie Marie-Laure. Marie-Laure Berthier. »Sieh dich vor, Marie-Laure, ich mach dich kalt. Du wirst dafür bezahlen.« Während sie auf den Moment der Rache wartete, begann Natacha erneut mit ihrer Puzzlearbeit, die darin bestand, die Einzelteile aus Moulure Nadel für Nadel an der Stockmann-Schneiderpuppe festzustecken und die Ränder an den mit schwarzem Band markierten Linien übereinanderzulegen.

Vor drei Wochen hatte Natacha hier angefangen. Vorher hatte sie eine vom Arbeitsamt finanzierte Kurzausbildung als Modezeichnerin absolviert, dann wurde sie hierhergeschickt, schneller als alle anderen, schneller als die alten, arbeitslosen Schneiderinnen, die als überqualifiziert für diese Stelle galten, also arbeitslos blieben und nicht einmal diese einfache Halbtagsstelle erhielten, schneller auch als alle anderen Bewerber beim Arbeitsamt, weil ihre Situation als gerade erst volljährig gewordene Waise ohne Familie den Amtsleiter gerührt hatte. Sie wusste, dass er gern mit ihr geschlafen hätte. Sie hatte ihm zu verstehen gegeben, dass das möglich sei, wusste aber, dass sie den schneidigen Vierziger trotz seines Siegerlächelns ewig schmoren lassen würde, weil sie mehr zu verlieren als zu gewinnen hatte, wenn sie seinem Werben nachgab.

»Schneidern oder was anderes«, sagte sich Natacha. »Ja, schneidern oder was anderes, aber was?« Sie wusste, dass sie in diesem Beruf sicher keine Karriere machen würde, aber sie hatte bisher auch keine andere Idee, keine Vorstellung eines bestimmten Berufes, kein Bild einer großen Liebe oder einer Leidenschaft, der sie ihr Leben weihen könnte. Sie begnügte sich damit, ihre

Freiheit zu genießen, die unermessliche Freude, mit der sie abends durch Paris wanderte, von einem Viertel ins andere, Beobachterin der Tausenden Leben um sie herum. Sie hatte das vage Gefühl zu schweben, aber das ängstigte sie nicht, im Gegenteil. Es war eine sanfte Euphorie, ein leichtes Prickeln in den Gliedern, ein geradezu physisches Vergnügen, da zu sein.

An einem Montagnachmittag trank Natacha einen Kaffee an der Kreuzung Rue de Charonne/Rue Keller und saß zwei Tische von Sara Forestier und drei Tische von Leïla Bekhti entfernt, was sie kaum fassen konnte. Dann freundete sie sich mit den Friseusen des Salons Toni & Guy an, die sie für ihre kohlrabenschwarzen Haare lobten, und saugte sich mit dem Theater der *Fashionistas* und *Möchtegernbohemiens* des Viertels voll. Sie fing an, die Codes ihrer gekonnt dosierten Eleganz nachzuahmen. Hier waren die angesagten Marken nicht die internationalen Luxuslabels, sondern der als Geheimtipp gehandelte Designer, hier stellte man sein Geld nicht protzig, sondern diskret zur Schau, und die scheinbare Ungezwungenheit war nur Illusion.

»Sieh dich vor, Marie-Laure!«, wiederholte sich Natacha noch einmal. Aber der Satz hatte gar keinen Sinn, er diente ihr nur als innerer Refrain, als Begleitmusik bei der Ausführung ihrer Arbeit, die sie schwierig fand.

»Sieh dich vor, Marie-Laure!«, endlos, wie die Seeleute »He, ho, Segel setzen!« riefen und die Kinder »Ein Mops kam in die Küche« sangen. Während sie den Gesprächen der anderen Mädchen zuhörte, fragte sie sich, ob Malaurie Lesbe sei. Sie sah Anzeichen dafür in ihrem immer tadellosen schwarzen Kostüm und dem fleischfarbenen Lippenstift. Sie rief sich ihre Bewegungen in Erinnerung, die Art, wie sie mit ihr sprach und sie anschaute. In ihrer Vorstellung verwandelte sie sich in eine Gestalt aus den dreißiger Jahren, mit Monokel, wie Madame Tournant sie ihnen in der Schule gezeigt hatte, als sie über Bertolt Brecht sprachen. Bei der Vorstellung lief es Natacha kalt den Rücken runter. Sie selbst sah trotz der kurzgeschnittenen, dunklen Haare immer mehr wie eine Barbie aus. »Deswegen ist sie so aggressiv«, überlegte sie sich. »Ich gefalle ihr, aber sie kriegt mich nicht.«

So ließ sie ihre Gedanken schweifen, während sie weiter an ihrem Kilt bastelte, der keine Form annehmen wollte, und schmiedete Pläne für eine abstrakte Rache.

Natacha machte eine Zigarettenpause. Sie rauchte eigentlich nicht, hatte aber beschlossen, so zu tun, als ob. Gleich am zweiten Arbeitstag hatte sie sich eine Schachtel Marlboro light gekauft, weil sie begriffen hatte, dass ihr das die Freiheit gab, hin und wieder zu entwischen. Mehrmals am Tag holte sie die Schachtel aus der Tasche und verschwand für fünf Minuten. Vor der Tür zündete sie sich eine Zigarette an, um nicht in flagranti beim Bluffen erwischt zu werden, und widmete sich ihrer Lieblingsbeschäftigung, der Beobachtung der Passanten. Sie stand an der Ecke Rue de Charonne/Passage Charles-Dallery und ließ ihre Zigarette langsam herunterbrennen. Das Rauchverbot hatte die Atmosphäre in den Straßen verändert, wo Angestellte und Ladenverkäufer in Grüppchen zusammenstanden. Natacha wusste inzwischen, wer in welchem Haus arbeitete. In dem Gebäude neben dem Atelier hatte sie Architekten aus dem Zweiten, Computerspezialisten aus dem Dritten und die Sekretärin des Zahnarztes aus dem Vierten kennengelernt. Gestärkt vom Schauspiel der Straße war sie wieder in der Lage, Malaurie entgegenzutreten. »Dann mal los«, sagte sich Natascha, drückte ihre Kippe im extra bereitgestellten Aschenbecher aus und kehrte an ihren Arbeitsplatz zurück.

»Das geht überhaupt nicht mit dem Kilt, du begreifst einfach den Geist von Monsieur Lesdiguières nicht«, warf ihr Malaurie an den Kopf.

»Sieh dich vor, Marie-Laure …«, dachte Natacha wieder. Natürlich sah sie auf der Zeichnung, dass der von Jérémie Lesdiguières skizzierte Kilt etwas länger, etwas weniger steif in den Linien, kurzum unverfänglicher war. Aber sie konnte nichts dafür, ihre Finger gehorchten ihr nicht. Es waren ein paar Millimeter, aber sie änderten alles. Den Schnitt, den Stil, den Geist. Sie konnte sich nicht durchringen, ihrem eigenen Geschmack zu widersprechen, ihn für den von Jérémie Lesdiguières aufzugeben, den sie überhaupt nicht bewunderte, obwohl seine Marke Miwa Tsumi für einen Luxus stand, den sie sich nie im Leben leisten konnte, und die Mädchen stolz tuschelten, dass er für den Molière-Preis für das beste Theaterkostüm im Gespräch sei. Schon die Bezeichnung »Monsieur« reizte sie. Für sie war er ein vierzigjähriger Spießer, und Schluss. Ein Spießer, der spießige Mode für spießige Damen machte, mit einer lesbischen und autoritären Werkstattleiterin. Aber sie schwieg und bat Malaurie um Rat. Sie hatte die geheime Wirkung des Um-Rat-Fragens entdeckt, das diejenigen, denen Zuwendung fehlte, in ihrer Autorität bestätigte. Sie wusste, dass dieses unausgesprochene Eingeständnis der Inkompetenz immer belohnt wurde, auch wenn es sich um primitivste Manipulation handelte. Das nutzte sie wieder einmal ohne Skrupel aus.

Kurz darauf wurde ihr Gespräch unterbrochen. Weil das Handwaschbecken in der Toilette des Ateliers seit drei Tagen tropfte und »Monsieur« persönlich, wie Malaurie sagte, beschlossen hatte, die Wand, an der es hing, neu fliesen zu lassen, klingelte der Fliesenleger an der Tür, und Malaurie machte ihm auf. Der Mann kreuzte im Hereinkommen Natachas Blick. Sie war von seinen breiten Schultern ebenso beeindruckt wie die anderen Mädchen im Atelier, die den Atem anzuhalten schienen. Natacha wusste auf der Stelle, dass sie ihn bekommen würde. Sie wusste noch nicht, wo und wie sie zuschlagen würde, aber es stand für sie fest, dass Dimitri Diop, von dem sie noch überhaupt nichts wusste, ihr ebenso gehören würde wie sie ihm.

Natacha versuchte nicht, sich den brennenden Riss zu erklären, der in diesem Moment durch ihre Brust ging, diese heiße Welle, die sie noch nie erlebt hatte. Sie war nicht mal überrascht von dem Vergnügen, das sie empfand, wenn sie ihn ansah. Sie erkannte an all diesen Symptomen nicht den berühmten Liebesblitz, von dem, wie Madame Tournant erzählt hatte, die Literatur voll war. Sie versuchte, seine Aufmerksamkeit auf sich zu ziehen, und dank dieser Ablenkung gelang es ihr endlich, den Stoff nach dem ziemlich schlaffen Schnitt von »Monsieur« Lesdiguières zu formen, der jetzt endgültig uninteressant geworden war.

Ève-Marie machte Fortschritte auf dem Weg zur inneren Ruhe. An einem Dienstag hatte sie bei der letzten Sitzung des Tages eine Idee, auf die sie stolz war. Sie fragte Électra Panagiotopoulos, die zum hundertsten Mal in einer feindseligen Übertragung auf das vermutete Judentum ihrer Analytikerin zurückkam, ob sie sich als Griechin fühle. Die Patientin verstummte. Die Therapeutin ließ sie sich zwei, drei Minuten, die ihr wie eine Ewigkeit vorkamen, in ihrem Schweigen verstricken, dann legte sie nach: »Wie verstehen Sie meine Frage?« Sie wollte keine Antwort auf die Frage erhalten, sondern die Emotionen herauskitzeln, die mit einer ganz sachlichen Angabe wie der Identität, der Nationalität, verbunden waren. Mit einem Mal ließ Électra Panagiotopoulos in ihrer Abwehr nach. Sie war besiegt. Stockend erklärte sie, dass ihre Töchter, Anaïs und Charlène, Französinnen seien und sogar Altgriechisch in der Schule lernten, wie jeder beliebige gute Schüler.

»Wenn ich in den Ferien nach Thessaloniki komme, nennen mich meine Cousins die Pariserin. Dreißig Jahre lebe ich schon hier, Frau Doktor, dreißig Jahre! Ich weiß nicht, ob ich noch sagen kann, dass ich Griechin bin.«

Ève-Marie war sicher, dass Électra Panagiotopoulos nicht wieder auf ihren jüdischen Namen und das vermeintliche Vermögen zurückkommen würde, das sie mit den »Wucherhonoraren« verdiente. Wahrscheinlich würde die Patientin auch mit ihrem Übergewicht fertigwerden, wenn sie die Frage ihres eigenen Raums klärte, die Frage, was zwischen dem Drinnen und dem Draußen hin- und herging. Aber in diesem Moment war vor allem sie selbst von einem Gewicht befreit, wenigstens was die Familie ihrer Mutter anging. »Würde ich von mir sagen, dass ich aus dem Département Yonne komme? Nein, natürlich nicht. Ich bin in Paris geboren, weil meine Eltern wollten, dass ich hier zur Welt komme. Vielleicht ist es auch mal Zeit, die Toten ruhen zu lassen.«

Nachdem sie ihre Patientin verabschiedet hatte, machte sich Ève-Marie auf den Heimweg und schlenderte durch den Jardin du Luxembourg. Ihr fiel auf, dass man bereits wieder die großen Palmentöpfe aufgestellt hatte. Sie ging an den Tennisplätzen entlang und ließ sich ein Weilchen von einem Ballwechsel fesseln. Dann machte sie kehrt, spazierte zum Wasserbecken und setzte sich auf denselben Stuhl wie zwei Monate zuvor. Sie erkannte ihn an der in die Kakifarbe geritzten Inschrift, die sicher von Touristen stammte: »Ramona was here. 13–06–2010«. Fast zwei Jahre waren Ramonas Ferien schon her. Darunter stand als Kontrapunkt die berühmte Beschimpfung der Pariser: »*Parisien, tête de chien. Parigot, tête de veau.*«

Ève-Marie setzte sich, stellte die Füße auf den Beckenrand und betrachtete das Senatspalais. Es war lustig, dass die Zeit die Spur einer flüchtigen Besucherin nicht ausgelöscht hatte. »Das ist auch wie eine Häutung«, sagte sie sich, »eine Touristenverpuppung.« Ramona war eine Zikade, sie hatte sicher den ganzen Sommer gefeiert. Sie selbst fühlte sich im Vergleich dazu mehr als Pariserin denn je, war auf einmal mit der Stadt versöhnt, die sie an diesem Tag wie ein gut geschnittenes Kleid am Leib trug. »Ich bin *Parisienne, tête de chienne*! Paris ist meine Haut und schützt mich wie ein Panzer. Ich bin Pariserin. Punkt.«

Ève-Marie und Éric hatten das Ritual eingeführt, jeden Dienstagabend als Paar zu verbringen, ohne die Mädchen, die von einem Babysitter gehütet wurden.

In der folgenden Woche offenbarte Ève-Marie ihrem Mann nach dem Essen ihre innersten Regungen, was sie lange nicht mehr getan hatte. Sie erklärte ihm, dass sie genug davon hatte, diese doppelte Herkunft in sich zu tragen, und gestand ihm, dass sie ihn irgendwie beneidete, weil er aus einer intellektuellen, bürgerlichen Pariser Familie kam, Gynäkologe geworden war und sich in der Wohnung am Jardin du Luxembourg, die er von seiner Großmutter geerbt hatte, seine kleine Welt eingerichtet hatte, sie inbegriffen.

»Ich weiß schon, dass ich auch davon profitiere«, sagte sie. »Und ich weiß sogar, dass es für dich ebenfalls nicht ganz einfach ist, selbst wenn es so aussieht. Aber Jean-Christophe hätte bei meiner Mutter nicht so mit mir reden dürfen.«

Éric beruhigte sie, so gut er konnte, er sagte ihr, dass er sie liebe und verstehe. Er erinnerte sie auch an die Weisheit, die er von ihr gelernt hatte, dass man sich nie von seiner Familie befreit, auch wenn man aufhört, sie zu sehen, auch wenn man Hunderte Autobahnkilometer oder ganze Ozeane zwischen sie und sich legt. Das geistige Bild der Eltern bleibt. Lebenslang.

Als sie nach Hause kamen, lächelte Ève-Marie und umarmte Éric. Zum ersten Mal seit einigen Wochen schliefen sie wieder miteinander.

Die erste Verabredung musste Catherine wegen einer Elternversammlung absagen, dann vergingen mehrere Wochen, ehe sie und Ève-Marie einen neuen Termin fanden. Sie telefonierten mehrmals, um etwas auszumachen, so dass sie sich zwar nicht trafen, aber doch etwas vertrauter wurden. In den Osterferien hatte Catherine unbegrenzt Zeit, und sie fanden endlich eine Lücke.

Catherine freute sich darauf, endlich mal allein mit ihrer Nichte zu sein, aber sie wunderte sich, dass diese ihr als Treffpunkt die Gaîté-Lyrique genannt hatte, wo vor einigen Jahren eine Art Museum der »digitalen Kultur« eingezogen war. »Die Gaîté-Lyrique fördert die Begegnung von Technologie, Kunst und Publikum im Alltag«, stand auf der Website in der Rubrik »Über uns«. Sie ärgerte sich über das pseudointellektuelle Kauderwelsch der Pariser Stadtverwaltung. Darin äußerte sich schon seit einiger Zeit eine grauenhafte Fehlentwicklung in der Hauptstadt, die Catherine abstieß. Die Stadt schien ihr zum Bollwerk aufgesetzter und elitärer Kulturpolitik zu werden.

Deshalb kam Catherine etwas unruhig zur Gaîté-Lyrique. Sie zögerte, als sie die Stufen hinaufging. Ève-Marie war noch nicht zu sehen, sie war die einzige Besucherin. Der Square Émile-Chautemps kam ihr ebenso verlassen vor, frei von jeder menschlichen Präsenz. »Dass einem das in Paris passieren kann!«, dachte sie und sah zum Metroausgang. »Man lebt sein Leben lang hier, und dann kommt man an Orte, wo man sich völlig fremd fühlt.« Im geistigen Stadtplan jedes Parisers gab es unerforschte Flecken und andere, wo er seine Fahne gehisst hatte. Die meisten Pariser hatten große Teile der Hauptstadt nie betreten, wie Urwälder, obwohl sie von Hunderttausenden Menschen bewohnt wurden. Das hatte Catherine schon häufig empfunden, wenn sie mit dem RER nach Aulnay-sous-Bois fuhr. Die Regelmäßigkeit der Züge gab ihr das Gefühl, auf eine Insel zu fahren und die Fährzeiten einhalten zu müssen. Sie hatte sich nie in die Umgebung der Schule gewagt, das bekannte Gebiet war eng begrenzt. »Und heute?«, fragte sie sich. »Heute muss ich neue Verbindungen herstellen. Verbindungen zwischen meinem Viertel und den anderen, zwischen Paris und seinen Randgebieten, zwischen Paris und Yonne, Yonne und dem Rest der Welt.«

Kaum hatte sie die Gaîté-Lyrique betreten, kam ihre Nichte auch schon auf sie zu. »Sie sieht wunderbar aus«, dachte Catherine, als Ève-Marie sie mit einem strahlenden Lächeln begrüßte, und sie sagte es ihr. Sie setzten sich und bestellten Kaffee.

»Es tut mir so gut, wenn du bei uns bist«, sagte Ève-Marie. »Gleichzeitig erinnert es mich daran, dass Jean-Christophe und ich die Frage, warum unsere Mutter ihr Dorf so jung verlassen hat und nie darüber redet, immer vermieden haben.«

»Zuhause wurde auch nie darüber gesprochen, weshalb Jacqueline weggegangen war. Ich hatte ja dann den Vorwand des Studiums. Das machte meinen Abschied erträglicher. Außerdem war das fünfzehn Jahre später, da verließen schon viele junge Leute unsere Region und gingen nach Paris.«

»Ja, aber das Problem war doch, dass Jacqueline einen Juden geheiratet hat, der obendrein in Algerien gelebt hatte, oder?«

»Das war es, stimmt. Natürlich hätte sich niemand erlaubt, auch nur die geringste antisemitische Bemerkung zu machen, die Erinnerung an den Krieg war noch frisch. Trotzdem haben sich die Alten daran gestoßen.«

»Ich glaube, gerade deshalb ist Jean-Christophe in

letzter Zeit zunehmend von seinem Judentum besessen. Na ja, auch um Mama nach Papas Tod eine Freude zu machen. Er gibt ihr Recht. Indem er Jude ist, bestätigt er vierzig Jahre später noch einmal ihre Wahl.«

Sie verstummten und sahen sich lächelnd an.

»Wir sind wirklich schnell zum Thema gekommen«, sagte Catherine. »Und da wir schon mal dabei sind: Glaubst du, dass man als alte, verklemmte Pariserin eine glückliche Beziehung mit einem Senegalesen haben kann?«

»Er ist mehr Pariser als du.«

»Wohl wahr.«

»Aber sprich doch mit ihm darüber, wenn es für dich ein Problem ist.«

»Dazu muss ich erstmal den Mut aufbringen …«

Als sie sich verabschiedeten, sagte Catherine: »Ich würde mich freuen, wenn ihr im Sommer ein paar Tage zu uns in die Yonne kommen würdet, Éric, die Mädchen und du. Roberts Sohn und seine Tochter kommen auch. Wir sind vom 14. Juli bis zum 15. August da. Kommt doch das Land eurer Ahnen entdecken!«

Während dieses Gespräch das Musterbeispiel eines positiven, konstruktiven und freundschaftlichen Austauschs war, wie Catherine später Robert erzählte, wurde das Treffen von Natacha und Cindy, die die Osterferien nutzte, um ihre einstige Freundin zu besuchen, ein Fiasko.

»Irgendwann wird er schon weich«, sagte Natacha zu Cindy, die ihr nur halb zuhörte, weil sie sich wegen der Philosophiezensur sorgte, die sie zwei Tage zuvor bekommen hatte. »Er wird weich, ganz sicher«, wiederholte Natacha.

»Ich brauche dieses verdammte Abi«, antwortete Cindy.

Ihre selbstbezogenen, aneinander vorbeigehenden Monologe verstärkten Natachas Frustration. Cindy stieß sich zum ersten Mal an der Realität des Schulsystems. Ihr Leben lang war sie mit einem Durchschnitt von acht Punkten in die nächste Klasse versetzt worden. Mehrmals hatte man sie gewarnt und ihr ein schwieriges nächstes Schuljahr vorhergesagt, vor allem Madame Tournant sagte ihr immer wieder, man dürfe sich selbst nicht belügen. Aber sie hatte stets den »Sesam öffne dich« bekommen, weil sie nett war und »benachteiligt«, weil ihr Verhalten keine großen Probleme machte, was in einer Schule wie dieser schon viel wert war. Das Abitur allerdings, das heiß ersehnte Diplom, mit dem sie endlich unabhängig sein würde, das Abitur bekam man für zehn Punkte und kein Zehntel weniger. Cindy wusste, dass sie von Philosophie keine Ahnung hatte (bei der letzten Arbeit hatte sie drei Punkte bekommen) und ebenso wenig von Geschichte (fünf). Sie sprach von nichts anderem mehr, ihre Nerven lagen blank. Seit der sechsten Klasse sagte sich Cindy ununterbrochen, jetzt würde sie loslegen. Sie hatte es wieder und wieder ihren Lehrern versprochen, sie hatte es auch ihren Eltern so oft versichert, bis sie aufhörten, sie für ihre schlechten Noten zu strafen, und anfingen, selbst daran zu glauben. Aber allmählich erkannte Cindy, dass das nur eine Ablenkung gewesen war, mit der sie sich trotz der sehr mäßigen schulischen Leistungen als »intelligent« wahrnehmen konnte. »Ich schaffe es nicht, weil ich mir keine Mühe gebe«, hatte sie bis dahin geglaubt, jetzt änderte sich die Formel, sie war nicht mehr sicher, ob sie es schaffen würde, auch wenn sie ihr Bestes gab.

Natacha hingegen verzehrte sich vor Verlangen nach Dimitri Diop und sorgte sich nur um ihre Verführungskraft als slawisches Mannequin. Sie spürte, dass ihr Charme nicht bei allen und überall wirkte, und fragte sich sogar, ob sie sich getäuscht hatte, als sie dem Chef des Arbeitsamtes oder Marie-Laure Berthier unanständige Absichten unterstellt hatte. Zum ersten Mal seit dem Tod ihrer dickleibigen Mutter verspürte sie einen Schmerz, eine Empfindung, in der sich Wut und Kummer mischten. »Ich bin Natacha Jackowska«, wiederholte sie Cindy, »und diesen Dimitri Diop kriege ich locker rum.«

Sie hatte ihn im Atelier unter einem banalen Vorwand angesprochen und ihm vorgeschlagen, in der Mittagspause einen Kaffee trinken zu gehen. Er hatte ohne Überschwang zugestimmt, und als sie vor ihren Espressi Plattitüden aneinanderreihten, hatte er das Gefühl gehabt, dass sie ihn auch nur als Plastikhampelmann ansah. Es war klar, dass er für sie nur der Kerl war, der sich bei der erstbesten Gelegenheit von seinen Trieben lenken lassen würde. Aber so war Dimitri nicht mehr. Er steckte gerade in einer ganz anderen Phase, als sie wohl vermutete. Er fühlte sich endlich frei, nicht zu gefallen, hatte den Rhythmus seiner Fitnessstudiobesuche verlangsamt und den seiner Therapiestunden erhöht. Ihm gefiel dieses neue Gefühl, und er wollte sich nicht verlieben, sich auch nicht rühren lassen, denn er genoss die scheinbare Freiheit.

Natacha war in ihrem Stolz getroffen. Sie konnte sich nicht damit abfinden, überhaupt keine Wirkung auf Dimitri auszuüben, von dem alle Frauen im Atelier schwärmten. »Ich habe alles versucht, um ihn anzumachen«, erzählte sie Cindy. Sie wiederholte ihr Gespräch bis ins Kleinste, wie sie den Tod ihrer Mutter eingesetzt und welche Posen sie eingenommen hatte, Ellbogen auf dem Tisch und Kinn in der Hand, leicht schmerzliche Miene, perfekt gespielt, so viel Aufrichtigkeit und Unbefangenheit in der Stimme, dass sie schließlich selbst daran glaubte.

Dimitri Diop hatte ihr wortlos zugehört. Er fand Natacha egoistisch und fragte sich, warum sie ihm das alles erzählte, wenn nicht, um ihn zu verführen, wie er von Anfang an vermutet hatte. »Sie ist ein armes, verlorenes Mädchen«, stellte er ohne Mitleid oder Ärger fest, »und es ist das letzte Mal, dass ich mich abschleppen lasse.«

Cindy bezahlte also für Natachas Frust, die ihre ganze Aggressivität an ihr ausließ. »Du bist schon wieder dicker geworden«, warf sie ihr an den Kopf, um sie dafür zu bestrafen, dass sie an ihrem Bericht von der gescheiterten Verführung keinen Anteil nahm. »Und die Haarwurzeln! Du könntest wenigstens deine Haare nachfärben. Das Rot kippt schon in Orange um.«

Cindy, die Natacha seit Wochen nicht gesehen und sehr vermisst hatte, wagte sich nicht gegen diese verletzenden Äußerungen zu wehren. Sie fühlte sich zum zweiten Mal verlassen, wie an dem Abend, als Natacha ihr verkündet hatte, sie werde nicht mehr in die Schule gehen. Das hatte sie als unerträglichen Verrat empfunden. Ja, so unerträglich, dass Cindy ihren Klassenkameraden später erzählt hatte, Natascha komme wegen des Verhaltens von Madame Tournant nicht mehr. Das glaubte sie zwar selbst nicht, aber es konnte als akzeptable Erklärung für ihre Flucht herhalten. So bewahrte sie sich das Bild, das sie sich von ihrer Freundschaft machte, und verbannte das Gefühl des Verlassenseins in die Tiefe ihres Unterbewusstseins.

Natacha fuhr im selben schneidenden, grausamen Ton fort. »Du musst was unternehmen. Du kannst in deinem Alter nicht so dick sein. Wenn du willst, mache ich dir eine Liste der Sachen, die nicht so viele Kalorien haben. In der Werkstatt achten wir alle auf unsere Linie. Wir haben alle 36. Malaurie sogar eine 34.«

Sie merkte nicht, dass Cindy Tränen in den Augen hatte. Sie ahnte auch nicht, dass das Bild des RER B, in den Cindy bald steigen würde, um nach Aulnay-sous-Bois zurückzufahren, im Geist ihrer Schulfreundin immer bedrohlicher wurde. Sie würden sich bestimmt nicht mehr wiedersehen. Natacha hörte nicht mal die Verzweiflung über ihre Äußerungen in Cindys Stimme. Sie war zu sehr mit ihrer hypothetischen Eroberung beschäftigt und begriff nichts von den Punktberechnungen, die ihre Freundin anstellte. Sie konnte sich Cindy sowieso nicht als Studentin vorstellen, nicht mal, wenn sie das Abi schaffte und in Villetaneuse für Geschichte oder Jura angenommen wurde. Sie begriff nichts von Cindys Angst, die sie in diese geradezu animalische Anspannung versetzte, ihr Leben lang ein dickes Mädchen aus der Banlieue mit abgeplatztem Nagellack und selbstgebleichten Haaren zu bleiben, ein Leben lang die Gefangene dessen, was die Welt irgendwann für sie beschlossen hatte.

Nein, Natacha Jackowska verstand nichts von den Ängsten der anderen. Sie verstand nicht mal ihre eigenen. Aber sie war besessen von dem Wusch, Dimitri Diop zu erobern.

Und obwohl er es nicht wollte und trotz ihres verpatzten Rendezvous dachte dieser auch sehr oft an sie.

Robert hatte schon mehrere Nächte bei ihr verbracht. Catherine hatte ihm allmählich seinen Platz eingeräumt. Er hatte etwas Wechselwäsche in einem freigemachten Schubfach, eine Zahnbürste und eine Flasche seines Eau de Cologne im Badezimmer. Das war weniger schwierig, als sie gedacht hatte. Es bereitete ihr eher Vergnügen, weil sie das Gefühl hatte, die strahlenden Momente ihres Lebens als junge Erwachsene, ihre ersten Schritte in die etwas klischeebehaftete Welt der Liebe noch einmal zu erleben.

Aber eines Abends, einige Zeit nach dem Gespräch mit ihrer Nichte, wurde ihr bewusst, dass sie nicht mehr schlafen konnte. Robert war nach ihrer Umarmung sehr schnell eingeschlafen. Catherine, in deren Kopf Zukunftsvisionen und Spekulationen herumschwirrten, stand nach einer Weile auf und ging leise zur Balkontür im Wohnzimmer. Wieder einmal dachte sie daran, was ihr Ève-Marie gesagt hatte. Sie musste sich endlich durchringen, mit Robert zu sprechen. Sie ging im Nachthemd hinaus in die milde Mainacht. Die Stadt zu ihren Füßen schien zu schlafen. Das Glasdach der Gare de l'Est, auf das sie aus ihrer siebten Etage hinuntersah, war von unten erleuchtet und bot ihrem Blick ein altertümliches industrielles Clair-obscur, das eine Seite von Tardis Album über *Adeles ungewöhnliche Abenteuer* hätte zieren können. »Ich muss mit ihm über seine Hautfarbe reden«, sagte sie sich. »Das kann kein Tabu zwischen uns bleiben. Aber was soll ich ihm sagen? Dass es mich nicht stört? Die bloße Tatsache, es auszusprechen, könnte als Beweis des Gegenteils aufgefasst werden.«

Robert schlief. Sie stellte sich in die Tür zum Schlafzimmer, betrachtete ihn im schwachen, diffusen Licht, das durch den dicken Vorhang drang, und fand ihn schön. »Er ist so ruhig«, sagte sie sich. »Er ist so unbefangen. Ich glaube wirklich, ich liebe ihn. Werde ich ihn verlieren, weil er schwarz ist?«

Angespannt von dieser Ungewissheit legte sie sich wieder neben ihn, schmiegte sich an seinen Rücken und suchte sich durch den Kontakt mit seiner Wärme zu beruhigen. Sie beschloss, am nächsten Tag mit ihm zu reden und ihm zu sagen, was sie belastete, auch wenn sie selbst nicht genau wusste, was es war.

Als sie aufwachten, drohte ihre Entschlossenheit

vom Frühstückskaffee weggeschwemmt zu werden. Die Versuchung, zu schweigen und nicht am Status quo zu rühren, war groß. Aber Catherine hielt sich für eine Frau, die den Tatsachen ins Gesicht sah. Diesem Selbstbild wollte sie sich würdig erweisen, auch wenn die Latte wieder einmal ziemlich hoch lag. Sie lehnte es ab, in einer Welt der Illusionen zu leben, also holte sie tief Luft und legte los. Sie sagte Robert, dass seine Hautfarbe wie ein unüberwindbarer Unterschied, das Zeichen eines Andersseins sei, das sie liebte und dessen symbolisches Gewicht sie zugleich fürchtete, zumal es noch durch all die Klischees und die Einwanderungsdiskussionen genährt wurde. Sie gestand ihm, wie sie gegen sich selbst hatte kämpfen müssen, um sich keine Gedanken mehr darüber zu machen, dass man ihr rassistische sexuelle Fantasien unterstellen könne, als ließe sich die Beziehung zwischen einer Weißen und einem Schwarzen nur als das Klischee betrachten, wonach den Schwarzen sexuelle Wildheit und den Weißen die zivilisierte Körperbeherrschung zugesprochen würde.

»Glaubst du etwa, mir geht es anders?«, fragte Robert zurück. »Glaubst du, in den Augen der Schwarzen ist die Beziehung zu einer weißen Frau kein Verrat, wird nicht als Versuch angesehen, den Platz zu verlassen, der einem zusteht? Glaubst du, dass ich in der Liebeseroberung nicht den Sieg eines Volkes über ein anderes sehe? Und glaubst du schließlich, dass ich selbst meine Hautfarbe je vergessen könnte? Niemand kann das. Und trotzdem«, fügte er nach einer Pause hinzu, »trotzdem liebe ich dich.«

Er sagte es zum ersten Mal. Catherine hatte nicht damit gerechnet. Sie ahnte es, hoffte es, hätte aber nie erwartet, dass dieses Gespräch, vor dem sie sich so gefürchtet hatte, in eine Liebeserklärung münden würde.

»Ich liebe dich auch«, sagte sie.

Sie sahen sich eindringlich an, lächelten und schwiegen, bis sie ihren Kaffee ausgetrunken hatten. Sie liebten sich, nicht mehr und nicht weniger. Und die Frage der Hautfarbe würde sie nicht trennen. Sie würde gewiss wieder auftauchen, sie aber nur noch enger gegen den Rest der Welt zusammenschweißen. Catherine Tournant fühlte sich stark durch die Anwesenheit von Robert Diop.

»Wir sind zwei alte Dummköpfe«, stellte Robert schließlich fest. »Die junge Generation stellt sich weniger Fragen. Dimitris neue Freundin ist, glaube ich, weiß, aber das scheint für sie überhaupt kein Thema zu sein.«

Vor dem Ende der Saison überzeugte Robert, ein begeisterter Theatergänger, Catherine, ihn ins Théâtre des Champs Elysées zu begleiten. Seit Jahren ging sie nur noch mit ihren Schulklassen ins Theater. Als junges Mädchen hatte sie in ihrer Schule in Auxerre einen Theaterclub gegründet, sie las immer noch gern die Dialoge vor und besprach sie mit ihren Schülern, aber wenn sie eine Aufführung sah, war sie fast immer enttäuscht. Peter Brook hatte sie mit seiner Inszenierung des *Sturms* in den Bouffes du Nord, die sie 1990 gesehen hatte, so tief beeindruckt, dass seither nichts mehr dem Vergleich standgehalten hat te. Sie fand das Spiel der Akteure meistens leer und ausdruckslos, bedauerte, dass die Technik im Vordergrund stand und die Rollen nicht mit Leben gefüllt wurden.

Daran dachte sie, als sie pflichtschuldig den choreografierten Verbeugungen der Truppe applaudierte. Das Stück war zu Ende, man bejubelte die Neuinszenierung von *George Dandin*. Die Zuschauer waren begeistert, einige sprangen auf und versuchten die anderen zu Standing Ovations zu motivieren. Catherine aber hing ihren Gedanken nach. Sie fragte sich, ob Peter Brooks schwarze Schauspieler unbewusst der Grund gewesen waren, aus dem ihr *Der Sturm* schon vor zwanzig Jahren so gefallen hatte, ob sie, ohne es zu wissen, immer schon diese Neigung, dieses in all den Jahren unbemerkte Verlangen in sich gehabt hatte. Es erschien ihr unwahrscheinlich. Auf jeden Fall hatte sie die Schauspieler in der eben gesehenen Aufführung als steif empfunden. Das Einzige, was ihr gefallen hatte, waren die Kostüme, die überraschend authentisch wirkten. Sie hatte sich darüber amüsiert, dass man mitten in Paris ein ländliches Bild entstehen ließ, das sie an ihre Kindheit erinnerte, aber mundgerecht auf einer Bühne serviert. Deshalb erwachte sie aus ihrer Träumerei, als der Kostümbildner angekündigt wurde, und sah Jérémie Lesdiguières auf die Bühne kommen. Er wirkte auf sie traurig, geradezu furchtsam. »Er scheint sich in seiner Haut nicht sehr wohlzufühlen«, dachte sie in einer mütterlichen Regung. »Wahrscheinlich kommt er selbst vom Land, wie hätte er sonst den Geist des Bauernhofes so gut einfangen können? Ein Dandin, bereit, sich kopfüber ins Wasser zu stürzen.«

Aber sie zerbrach sich darüber nicht länger den Kopf, sondern versuchte, ihre Jacke anzuziehen, wobei sie sich verrenkte, um nicht aufzustehen, während die anderen Zuschauer noch klatschten. Sie hatte es eilig, zur Treppe zu kommen, bevor die anderen den Ausgang verstopften, unterdrückte aber ihren Drang, um Robert nicht zu kränken.

»Vielleicht könnte ich ihn um einen Gefallen bitten«, dachte Catherine, als sie Jérémie Lesdiguières so verloren auf der Bühne stehen sah. Sie beobachtete den eleganten Mann, der anwesend und zugleich ganz weit weg zu sein schien, und stellte sich vor, wie sie mit einer zehnten Klasse sein Atelier besichtigte, um die Schüler zu ermutigen, sich beim Abitur für das Theaterfach zu entscheiden, oder mit einer elften, damit sie die Wirklichkeit von Kunst und Theater aus nächster Nähe entdecken konnten. Ohne sich um die Leute zu kümmern, die inzwischen aufgestanden waren und sich einen Weg bahnten, um den Saal zu verlassen, nach Hause oder zum Abendessen zu eilen, öffnete sie den Browser ihres iPhones und fand rasch die Telefonnummer des Kostümbildners. »Bis bald«, dachte sie mit einem letzten Blick.

»Hat es dir gefallen?«, fragte Robert natürlich.

»Ich fand die Kostüme wunderbar«, antwortete

Catherine in einem Ton, der vermuten ließ, dass man besser nicht nachfragte.

Auf der Avenue des Champs-Élysées leuchtete Robert vor Glück. Er erzählte Catherine, dass er als Student im Juli immer nach Avignon gefahren war, wo er sich einen Sommerjob suchte, um das Festival zu erleben. Schon als Kind hatte er das Theater geliebt. Manchmal erlaubten ihm seine Eltern, im Fernsehen eine Theatersendung zu sehen, und die Freude, an diesen Abenden erst spät ins Bett zu müssen, versüßte noch das schlechteste Boulevardstück.

»Ich bin froh, dass du mitgekommen bist«, sagte er dann. »Ich weiß schon, dass du keine große Lust hattest. Gehen wir nächste Woche wieder?«

Das war eine seiner kleinen Sticheleien, die Catherine sehr mochte. Er provozierte sie zärtlich und kündigte an, ihr ein Abonnement für das Théatre du Soleil zu schenken, um sie ein bisschen in Schwung zu bringen. Dabei lächelte er, und auch Catherine musste lachen. Robert versuchte, ihre Routine durcheinanderzuwirbeln, und das gefiel ihr sehr.

Dann erzählte er ihr eine sehr persönliche Erinnerung. Das hatte er noch nie getan. Nach seiner Heirat hatte er wegen der Arbeit und der Kinder jahrelang auf das Theater verzichten müssen. Nach dem Tod seiner Frau, als der Schmerz am größten war und er darin unterzugehen drohte, hatte er sich irgendwann ein Atemholen, eine Pause in Form eines Theaterbesuchs auferlegt. Das war seine Rettung gewesen, und er hatte beschlossen, nie wieder auf dieses Vergnügen zu verzichten.

»Und dir, Catherine, was macht dir wirklich Freude?«

Catherine genoss den Augenblick und ließ ihre Gedanken schweifen. Sie gingen in Richtung Place de la Concorde, deren Namen zum ersten Mal in ihr Bewusstsein drang. *La concorde*, Eintracht, Harmonie, Frieden. Und Catherine erklärte Robert, was ihr Freude mache, seien die Wörter. Das Aufblitzen des Sinns. Vor allem liebte sie die kleinen Offenbarungen, die Momente, in denen plötzlich ein Funken die Elemente des Alltags in neues Licht tauchte, wenn man es am wenigsten erwartete.

Bevor Jérémie Lesdiguières sein Atelier in der Rue de Charonne unter einer großen Lagerhalle einrichtete, die eine alte Handwerkerfamilie in den 2000er Jahren aufgegeben hatte, hatte er zunächst mit drei Freunden in einer winzigen Werkstatt im 20. Arrondissement, nahe der Place Gambetta, gearbeitet. Noch früher, während seines Designstudiums, hatte er in der Rue de Bagnolet für ein paar Francs einen Raum in einem besetzten Haus gemietet. Dort hatte er kreative und neugierige Leute kennengelernt, aber sobald er anfing, richtig zu arbeiten, hatten sich die Beziehungen gelockert, und nach dem Einzug in das große Atelier hatte er alle früheren Bekannten aus den Augen verloren. Er fühlte sich trotzdem nicht einsam, seine Gedanken waren immer noch erfüllt von den Begegnungen aus seinem früheren Leben, auch wenn er seit Jahren nichts mehr von diesen Freunden gehört hatte. »Schon komisch«, sagte er sich manchmal, »man mag Leute, sie verschwinden, und man mag sie weiter, aber nur im

Kopf, für sich, ohne es ihnen zu sagen. Als würde die Tatsache, dass man keinen Kontakt mehr hat, ihre Präsenz nicht einschränken.« Er war schon früh bei seinen Eltern ausgezogen und lebte seither allein. Seine Familie war für ihn nur noch eine abstrakte Einheit. Den einen oder anderen zwei, drei Mal im Jahr zu treffen reichte nicht aus, um ihr Gestalt zu verleihen, die Familie war auch durch den Klassenunterschied unwirklich geworden und lebte in einem ganz anderen Milieu, wenn auch in derselben Stadt. Seine Welt war die der Mode.

Deshalb konnte er sich an diesem Maimorgen, während er auf seinem Roller die milde Luft genoss, die ihm auf dem Weg zur Place Colette über das Gesicht strich, nicht vorstellen, dass er die Französischlehrerin, mit der er verabredet war, irgendwann mal in einer ganz anderen Umgebung wiedersehen würde. Ebenso wenig ahnte er, während er den Helm abnahm und mit der Hand im Lederhandschuh notdürftig seine Mähne glattstrich, in der ihn schon die ersten grauen Haare an sein Alter erinnerten, dass diese Frau gerade seine Geste beobachtete und davon gerührt war. Nachdem er den Roller auf dem Bürgersteig der Rue Saint-Honoré geparkt hatte, ging er die letzten Meter bis zu der Metrostation aus Muranoglas.

Catherine, die kurz vor ihm angekommen war, folgte ihm.

Sie begrüßten sich vor dem etwas kitschigen *Kiosque des Noctambules* von Jean-Michel Othoniel, der einer riesigen Kaiserkrone glich und einen Bezug zum nahen Palais Royal herstellen sollte. Jérémie stellte fest, dass er die Lehrerin nicht beeindruckte, und war erleichtert. Seine Berühmtheit in Insiderkreisen hatte ihn daran gewöhnt, dass man ihm schmeichelte oder zumindest mit respektvoller, neugieriger Distanz begegnete. Sie aber zeigte nichts dergleichen, sondern erklärte ihm ohne Umschweife ihr Ansinnen, mit einer Schulklasse in sein Atelier zu kommen. Dann plauderten sie ganz unbefangen, und Jérémie schlug einen Spaziergang am Seineufer vor. Catherine willigte ein, ohne darüber nachzudenken, ob es seltsam war, mit einem völlig Unbekannten am Quai entlangzuflanieren.

Sie gingen durch den Cour Carrée des Louvre und, am Quai angekommen, eine enge, steile Steintreppe hinunter zum Fluss. Jérémie fasste rasch Vertrauen zu Catherine und ließ sich an diesem Nachmittag zu einem Geständnis hinreißen. Er erklärte ihr, er habe sich lange vorgestellt, dass die Stadt irgendetwas verstecke, sogar vor ihm, der hier geboren war. Diese Vorstellung hatte ihn seine ganze Jugendzeit hindurch beschäftigt.

Er träumte davon, das vermeintliche Geheimnis von Paris zu lüften. Diese rätselhafte Idee war zwar schon seit vielen Jahren verschwunden, aber seit einiger Zeit drängte das Gefühl der Fremdheit wieder stärker denn je in sein Bewusstsein. Er war überzeugt, dass insgeheim Netze von tiefer Bedeutung geknüpft wurden, die ihm entgingen. Ein Gewebe unterirdischer Strukturen, stillschweigender Verbindungen, deren Sinn er durch seine Arbeit ergründen wollte.

Catherine hörte ihm mit größter Aufmerksamkeit zu, während sie über die ungleichmäßigen Pflastersteine der Promenade stolperte. Sie schlenderten in Richtung Pont-Neuf.

Fluctuat nec mergitur, dachte sie, sie schwimmt, geht aber nicht unter. Das Motto der Stadt Paris schien ihr gut zu Jérémies seelischen Mäandern zu passen. »Er ist in seiner eigenen Stadt im Exil«, dachte sie. »Er schwankt, geht aber nicht unter.« Diese Vorstellung faszinierte Catherine, die immer noch über ihre eigene Identität nachdachte.

»Nicht allein das Kostüm macht den Körper aus«, fuhr er gerade in seinen Überlegungen fort. »Der Rahmen ist genauso wichtig wie die Kleidung. Der Verlauf der Straßen, die Form und das Material der Bürgersteige, der Abstand zwischen den Bäumen. Das alles bestimmt die Art, wie wir laufen und uns bewegen, es schafft eine spezielle Gestik, einen Körper, dessen Umrisse sich in die der anderen einfügen, um ein Ganzes zu bilden.« Er sah in der amerikanischen Fettleibigkeit die Folge des grenzenlos verfügbaren Raums und in den zarten Körpern der Chinesen die Anpassung an die außerordentliche Bevölkerungsdichte der überquellenden Städte. Selbst nackt trugen die Körper für ihn noch den Stempel ihrer Stadt.

Catherine fand die Theorie verführerisch, stimmte ihr aber nicht ganz zu. »Er ist auch etwas verloren«, sagte sie sich voller Sympathie, wobei sie hoffte, dass er nicht solche Reden halten würde, wenn er ihre Schüler empfing.

Sie erreichten Châtelet, genossen den Blick auf die Conciergerie, beschlossen, noch einen Kaffee im *Le Zimmer* zu trinken, wo Jérémie oft berufliche Verabredungen wahrnahm.

»Ich fühle mich manchmal wie in der Haut eines anderen«, ergänzte er.

Catherine kam wieder das lustige Bild des Esels Martin und das Liedchen in den Sinn. Sie sang Jérémie vor, wie der Esel auf dem Weg in die Mühle die Haut wechselt, weil sich im Mai alle Esel häuten.

Er kannte das Kinderlied nicht, hatte sich aber als Designstudent bei einer Recherche über Filmkostüme für einen Esel interessiert. Bilder aus der Vergangenheit schossen ihm durch den Kopf, er sah die Eselshaut von Catherine Deneuve in dem Film von Jacques Demy, die im Museum der Cinémathèque française in Bercy ausgestellt war. Er hatte Tränen in den Augen gehabt, als er das berühmte Cape in einer Vitrine sah. Hatte es ihn, den traurigen Jungen, so angezogen, weil er gern aus seiner Haut schlüpfen wollte?

Catherine Tournant, die ihm wie selbstverständlich den Sinn solcher Metaphern vor Augen treten ließ, wurde für ihn zu einem außergewöhnlichen Geschöpf.

Die Provinzler erobern Paris«, amüsierte sich Catherine in Gedanken.

Sie hatte schließlich ein Treffen zwischen Jérémie Lesdiguières und einer Gruppe von Schülern organisiert, unter denen nur ein einziger Junge war. Das sei, hatte sie ihnen erklärt, ihre Art, das Schuljahr in Schönheit zu beschließen, bevor sie alle in die großen Ferien auseinanderliefen. Während die Mädchen im Bus herumalberten, beobachtete Catherine ihr Verhalten und ihre Kleidung, die den Geschmack für den Flitter der amerikanischen Musikstars offenbarte. Wie würden sich ihre Schüler gegenüber Lesdiguières benehmen? Sie kannte die Jugendlichen gut, fand sie menschlich, manchmal sogar angenehm. Konnte sie ihnen vertrauen? Welches Bild von ihr als Lehrerin sollten sie vermitteln, wenn sie sich ordentlich verhielten?

»Auf jeden Fall funktioniert es«, sagte sie sich eine Stunde später angesichts des lebhaften Gesprächs, das sich zwischen den Schülern und dem Designer entspann. Er antwortete, ohne sich zu verstellen, mit der Artikulation und dem Gestus des Intellektuellen, der die Pariser Kulturwelt beherrscht. Das war Catherine ebenso fremd wie ihren Schülern. Dazu kam eine gewisse Affektiertheit, die seiner weder zur Schau gestellten noch verborgenen Homosexualität geschuldet war. Catherine fragte sich, ob die jungen Leute ihn so wahrnahmen wie sie und ob das für sie irgendwie wichtig war.

Währenddessen merkte sie nicht, dass der einzige Junge, der mitgekommen war, den Couturier mit den Augen verschlang. Die Schüler gingen in dem großen Atelier von einem Tisch zum anderen. Sie sahen zu, wie die Lehrmädchen die Modelle nach den Entwürfen zuschnitten, hefteten und nähten. Beeindruckt von der Arbeit im Atelier, der Stille und der Konzentration der Näherinnen wagten sie kaum zu flüstern, stellten keine Frage, berührten nicht mal die Stoffe, die Lesdiguières ihnen zeigte. Welten lagen zwischen ihren Baggyhosen und dem Seidentaft, zwischen den Strasskettchen und den kunstvollen Stickereien.

Wollte er die Schüler amüsieren oder kam ihm die Idee, weil Catherine trotz ihrer fünfzig Jahre noch eine 38 trug? Lesdiguières schlug ihr vor, ein kleines schwarzes Kleid anzuprobieren. Die Näherinnen hielten inne, die Schüler flüsterten. Alle schienen auf ihre Antwort zu lauern. Catherine hatte das Gefühl, nicht ablehnen zu können.

Als sie aus der Kabine trat, drehte sie sich, um das Ergebnis zu zeigen. Sie fühlte sich wohl in diesem eleganten Kleid, dessen Schnitt an die typische Pariserin der 1960er Jahre erinnerte, und amüsierte sich über die Situation, kokettierte ein bisschen, lächelte fröhlich. Sie fühlte sich freier als in ihren eigenen Kleidern, weniger gezwungen, hübscher. Die Schüler waren verdutzt und überschlugen sich vor Begeisterung.

Zugleich gab es Catherine einen Stich. Sie wusste natürlich, dass dieses Kleid, das sie sich nie hätte leisten können, ihren Schritt und ihre Kopfhaltung sofort verwandelt hatte. Sogar ihre Figur. »Wäre ich anders gekleidet eine andere?«, fragte sie sich. »Kann es sein, dass die Kleidung wie eine zweite Haut wirkt? Dass die Oberfläche das Innere verändert, anstatt es zu verstecken?«

Jérémie Lesdiguières erfasste vielleicht, was sich in ihr abspielte. Als sie sich später verabschiedete, um in den Bus zu steigen, der die Gruppe zurück zur Schule bringen würde, drückte er ihr herzlich die Hand und sagte: »Kommen Sie doch wieder einmal vorbei.«

Sie antwortete: »Sehr gern«, und war doch ganz

sicher, dass sie diese Erfahrung nicht wiederholen wollte. Catherine ahnte nicht, welche Überraschung sie im Atelier gerade um Haaresbreite verpasst hatte. Denn ihre ehemalige Schülerin Natacha Jackowska war an diesem Tag krankgeschrieben.

Die Woche der Modenschauen, die im Atelier alle *Fashion Week* nannten, kam näher. Natacha wurden kleinere Aufgaben zugeteilt, die ihr besser gefielen als ihre eigentliche Tätigkeit. Man ließ sie verschiedene Accessoires besorgen, Zips und Knöpfe, Bänder und Seidenschleifen. Mit Vergnügen setzte sie ihre Erkundung der Großhändler im Sentier-Viertel fort und wanderte durch die Kulissen des Konfektionsgewerbes, zu denen die Öffentlichkeit keinen Zugang hatte. Besonders freute sie sich, als sie in der zweiten Etage eines alten, mit ägyptischen Figuren verzierten Hauses eine Ali-Baba-Höhle voller Schätze für Schneiderinnen entdeckte. Reißverschlüsse in allen Farben und Größen an märchenhaften Metallgestellen, die wie bunte Trauerweiden aussahen, Wände voll Rollen mit Bändern, Litzen und Paspeln, Schubläden mit unzähligen, nach Durchmesser und Farbe sortierten Knopfröhrchen, Rüschen, Spitzen, Federn, Seidenrips und Klettbänder jeder Art. Plötzlich formte sich in Natachas Geist ein so deutliches Bild, dass sie ganz verblüfft war: Sie sah vor sich das bleiche Gesicht von Thérèse Raquin in ihrem Nähgeschäft, über die ihnen Madame Tournant einen langen Vortrag gehalten hatte, ohne zu merken, dass sie selbst fast die Einzige war, die sich zuhörte. Die Schüler schickten sich SMS, um ihr Abendprogramm zu organisieren, anstatt sich für Zola zu interessieren. *Thérèse Raquin* war viel zu dick, sie würden es sowieso nicht lesen, die meisten hatten nicht einmal die Absicht, es zu versuchen. Es kam immer häufiger vor, dass Natacha Erinnerungen an die Schule durch den Kopf schossen, sogar an Bücher, die sie höchstens zur Hälfte gelesen hatte, und vor allem an den Unterricht bei Madame Tournant. »Kann es sein, dass ich viel mehr davon aufgenommen habe, als ich wollte?«, fragte sie sich.

Natacha nähte nicht gern, auch das Zusammenheften eines Modells interessierte sie nicht. Aber sie hatte im Laufe der Zeit festgestellt, dass sie die Stoffe gern berührte und an ihrem Körper drapierte, um den fließenden, sinnlichen Kontakt zu spüren. Sie liebte auch die tausend kleinen Dinge, die für die Schneiderei benötigt wurden. Im Atelier oder bei den Großhändlern damit umzugehen, bereitete ihr das kindliche Vergnügen, um das man sie als kleines Mädchen gebracht hatte, weil es nie eine Freundin gab, mit der sie Kaufmannsladen hätte spielen können. Deswegen erfüllte sie ihre Aufträge mit großer Sorgfalt und fühlte sich viel mehr am Platze, als wenn sie Stecknadeln in die Moulure pikte. Hier öffnete sich ihr eine ganz neue Welt. Sie war neugierig auf dieses unbekannte Universum und empfand endlich den Wissensdurst, den ihr die Lehrer vergeblich zu vermitteln versucht hatten. Sie wollte Malaurie auch nicht die geringste Gelegenheit bieten, mit ihr zu schimpfen, schließlich war sie Natacha Jackowska.

Drei Tage vor der Modenschau von Mia Tsumi, die in einem Saal in der Rue de la Paix stattfinden sollte, kamen die Mannequins zur Anprobe ins Atelier. Natacha starrte sie an, wie sie die bärtige Frau auf dem Jahrmarkt angesehen hätte. Die besser Bezahlten unter diesen unbekannten Mädchen kamen noch mit ihrer Bühnenschminke aus anderen Ateliers, waren so durch Paris gefahren, das Gesicht halb rot oder gelb, kohlschwarze, bis zu den Wangen gezogene Ringe um die Augen, mit falschen, goldenen, mehrere Zentimeter langen Wimpern. Sie waren nicht auffällig hübsch. Dünn, klar, groß, das ja, aber gewöhnlich. Natacha verstand sie gut, diese Mädchen, die ihr Leben damit verdienten, sich wie Kinder zu verkleiden, die die

Weiblichkeit verkörperten, ohne sie zu besitzen, die zerbrechlich vor ihrem ungeschminkten Bild standen und die Existenz ihres Körpers nur dank der Kunstgriffe ertrugen, die andere für sie ersonnen hatten. Wie ähnlich sie ihnen war, bemerkte Natacha nicht. Wie diese Frauen verbarg auch sie ihren Körper unter der Aufmachung, färbte ihre Haare und schminkte ihre Augen, um ihr slawisches Aussehen zu kaschieren. »*Slave* ist das englische Wort für Sklave.« Dieser Satz war in der neunten Klasse, als sie das Wort lernte, ihr ständiger Begleiter gewesen. Angesichts der Mannequins, die sie ankleidete, wobei sie darauf achtete, sie nicht zu piken, fiel er ihr wieder ein. »Slawe, Sklave.« Nein, ihr fiel nicht auf, dass sie ebenso groß, ebenso mager und mindestens ebenso hübsch war wie diese schlaksigen Mädchen.

Dann geschah etwas, das sich selbst Natacha mit ihrer blühenden Fantasie nie hätte vorstellen können. Jérémie Lesdiguières, der die Anproben überwachte, regte sich auf, als ein Mädchen nicht pünktlich da war, und ließ Natacha den kleinen Kilt anprobieren, den sie Monate zuvor mit so großer Mühe zusammengeheftet hatte. Er beschloss, sie als Nummer 6 über den Laufsteg gehen zu lassen. Malaurie versuchte ihn davon abzubringen, Natacha mit einer so wichtigen Aufgabe zu betrauen. Schließlich war sie kein Profi. »Vertrauen Sie dem Mädchen«, sagte er lächelnd. »Sie sehen doch wie ich, dass sie einen Körper hat. Das ist nur eine Modenschau. Ich biete ihr keine Karriere an.«

In ihrer Freude, mit den Mädchen über den Laufsteg gehen zu dürfen, merkte Natacha nichts von der Verärgerung ihrer Chefin. Sie erkannte nicht einmal, dass die Rache, die sie sich ausgemalt hatte, nun gekommen war. Nein, etwas in ihr hatte sich verändert. Alle Bitterkeit war geschwunden. Sie dachte an Dimitri und hatte Lust, ihm diese Neuigkeit zu erzählen. Nur das. Nur ihm.

Die Modenschau verlief ohne Schnitzer, was Natacha, die sogar nach ihrer Adresse gefragt wurde, hoffen ließ, dass es nicht die letzte sein würde. Sie wechselte ein paar Worte mit einem anderen Model, einer Ukrainerin. Die Mädchen mochten sich sofort, obwohl sie sich nur mithilfe ihres spärlichen Englisch verständigen konnten. Die Ukrainerin schenkte ihr zwei Einladungen für die Modenschau von Jean-Paul Gaultier im Carrousel du Louvre. Auf einmal war Natacha eine von ihnen. Ein junges, strahlendes Mädchen, dem man in der Welt der Mode begegnete, als Akteurin und Zuschauerin, ein anonymes, aber leidenschaftliches Gesicht, in dessen Augen kindliche Begeisterung blitzte.

Als sie ein paar Tage später mit den Einladungen in der Hand den Hof des Louvre betrat, nahm Natacha, die die alten Pariser Steine und die Farbschattierungen von Schiefer und Zink immer lieber gewann, zum ersten Mal wahr, wie die Glaspyramide mit ihrer Eleganz die Schönheit der Fassaden unterstrich. Sie wies Dimitri, der neben ihr lief, darauf hin. Die beiden setzten sich kurz an eins der dreieckigen Becken, die die kleinen Pyramiden einrahmen, und Natacha berührte das Wasser, begeistert wie eine Touristin. Dann sagte sie Dimitri, wie glücklich sie sei, mit ihm zusammen zu sein.

Sie gingen die Treppe ins Untergeschoss hinunter und betraten den Saal. Ihre Plätze waren ziemlich weit vom Laufsteg entfernt, aber das minderte ihre Freude nicht. »Jetzt ist es so weit«, dachte Natacha, »jetzt sind wir Pariser.« Der Laufsteg, der Luxus, der Louvre. »Paris«, sagte sie sich, »Paris!« Sie war nicht reich, sie war nicht bekannt, sie hatte noch keinen festen Platz in dieser eindrucksvollen Gesellschaft. Aber sie war da. Fortan musste man mit ihr rechnen.

Dimitri war der einzige Schwarze unter den Weißen dieses großen Medienspektakels und bemerkte es nicht einmal. Er war ganz und gar von etwas anderem gefesselt, nämlich von Natachas Gesicht, der eigenartigen Anmut ihrer festen, eleganten Hände, der neuen Ruhe, die von der jungen Frau ausging, die er wenige Monate zuvor zum ersten Mal getroffen hatte, ohne sie wahrzunehmen.

»Und jetzt?«, fragte sich Dimitri. »Wenn das wirklich die Liebe ist, werden wir es fertigbringen, sie zu leben?«

Für Catherine war der Beginn der großen Ferien ein schwieriger Moment, vor dem sie sich fast ein wenig fürchtete. In ihrer Kindheit war es ein Anlass reinster, grenzenloser Freude gewesen. Jetzt aber öffnete sich vor ihr am Ende der ersten Juliwoche, nach den Mühen der mündlichen Abiturprüfungen, eine dermaßen lange Ferienzeit, dass es ihr zunächst so vorkam, als würde sie nie mehr arbeiten. Es war wie ein beängstigender Traum, eine tiefe Leere, die sie einige Tage im Griff hielt. Die Lehrer wurden für ihre langen Ferien beneidet und kritisiert, wie alle Kollegen bekam sie dieses Klischee nur allzu oft zu hören. Deshalb hatte sie niemandem von dieser jährlich wiederkehrenden Angst erzählt.

Sie traute sich nicht einmal, mit Robert darüber zu sprechen. Er war glücklich, endlich Zeit und den Kopf frei zu haben. Von September bis Juni befreite ihn kein Wochenende, keine Unterbrechung im Rhythmus der Tage gänzlich von seinen Schülern, das wusste und akzeptierte er. Auch ohne an seinem Schreibtisch zu sitzen, hatte er immer die nächste Unterrichtsstunde, einen neuen Stundenplan oder den Wunsch im Kopf, sich mit jemandem zu beraten, um schwierige Situationen zu lösen. Deshalb freute er sich einfach nur auf die Ferien.

Catherine suchte sich verschiedene Aufgaben, um die Leere zu füllen, räumte die Unterlagen des letzten Jahres auf, sortierte die Blätter aus, die sie wegwerfen konnte, legte die leeren Rückseiten beiseite, die ihr für Notizen zu den Ausdrucken auf den Vorderseiten dienen würden, steckte Textauszüge in Plastikhüllen, um sie in den nächsten Schuljahren wiederzuverwenden, in der notwendigen Anzahl kopiert und durch zeitgenössische Werke ergänzt, die ihr immer fremder wurden und für deren Sprache sie oft einer Übersetzung bedurfte.

Dann hatte sie keine Wahl mehr: Sie hatte einfach Ferien.

Also packte sie ihre Koffer. Es war Zeit, Paris gegen die Natur, die Aktivität gegen die Faulheit, die Hektik gegen die Ruhe zu tauschen. Sie würde am nächsten Tag für vier Wochen in die Yonne fahren. Dort hatte sie fünfzehn Jahre zuvor ein Haus erworben, ein bescheidenes, einhundertfünfzig Jahre altes Bauernhaus, für das sie nur wenig bezahlt hatte und das sie seither renovierte. Damals hatten ihr vor allem die Tür- und Fenstereinfassung aus zweifarbigen Ziegelsteinen gefallen, die sich vom Weiß der Kreidewände abhoben. Eine Glyzinie rankte sich an der Fassade hinauf, und in dem kleinen Garten spendete ein Trompetenbaum Schatten. Auf der anderen Seite des Weges, der zum Haus führte, stand ein majestätischer, hundertjähriger Ahorn. Diesen Baum hatte sie vom ersten Moment an geliebt. Sie sah in ihm eine Schutzmacht, einen Wächter, der dieses Gehöft durch die Zeiten hütete.

In diesem Jahr, im Juli 2012, fühlte sich Catherine jedoch anders als in den letzten Jahren. Die ewiggleichen Reisevorbereitungen kamen ihr mit einem Mal ganz seltsam vor. Im Laufe der Zeit hatte sie in ihrem Sommerhaus eine Menge Sachen deponiert, Lampen, Kleidung, Bücher. Sie hätte sogar ohne Gepäck losfahren können, plante ihre Bekleidung aber jedes Jahr mit größter Sorgfalt: Was würde sie anziehen, um im Schatten zu schmökern, welche Schuhe und Shorts würde sie für die langen Wanderungen durch die Umgebung tragen? Diese Vorbereitungen hatten sich zu einem wohltuenden, schützenden Ritual entwickelt, als hätte sie Angst, wieder ganz und gar von dieser Gegend verschlungen zu werden, die sie als junge Frau unter Aufbietung all ihrer Willenskraft verlassen hatte. Beim Zusammenlegen der T-Shirts und Leinenhosen dachte sie daran, dass Robert sie begleiten würde. Sie hoffte, dass ihm das Haus und die Region gefallen würden, weil es natürlich doch das Land ihrer Kindheit war.

Catherine wandte sich von dem offenen Koffer auf ihrem Bett ab, in den sie viel zu viel gepackt hatte, zu viele Häute, die sie nicht tragen würde, und schaute aus dem Fenster auf die Stadt. Plötzlich empfand sie, ohne zu wissen warum, große Erleichterung, wie an dem Tag, als der Schulleiter sie vorgeladen hatte und sie die Schule auf der Stelle verließ, ohne jemandem Bescheid zu sagen.

»Madame Drehwurm dreht um«, sagte sie vor sich hin, versöhnt mit den Wortspielen, die sie nicht mehr bedrohten.

Also drehte sie alles um, holte ihre Blusen und T-Shirts aus dem Koffer, hängte sie auf die Bügel und in den Schrank. »Ich brauche meinen ganzen Pariserinnen-Trödel in La Ferté-Loupière nicht«, sagte sie sich lächelnd. »Ich weiß, woher ich komme, und ich weiß, wo ich lebe.« Ihre Brust weitete sich, als sie an Robert dachte. »Mit dem Exil kenne ich mich jetzt aus.«

Während der ersten drei Tage in La Ferté-Loupière schlüpfte Catherine in die Rolle der aufgeschlossenen Fremdenführerin. Sie zeigte Robert die Fontaine Saint-Loup, ein hübsches Waschhaus in einer kleinen Schlucht, in dem die Quelle sprudelte, die einst zur Gründung des Dorfes geführt hatte. Sie führte ihn zu der Ziegelei, die noch die zweifarbigen Steine für stilvolle Renovierungen herstellte, und präsentierte ihm, Höhepunkt der Führung, in der wunderbaren Abtei aus dem 14. Jahrhundert ein fantastisches Fresko, das in einer Farbpalette mehr oder weniger ausgeblichener Naturockertöne einen barocken Totentanz darstellte, um Edelleute wie Bauern, Kirchenleute und Soldaten an ihre Endlichkeit zu erinnern.

Sie gingen auch im Nachbardorf einkaufen. Robert fand sich bald zurecht, kannte das Café, den Dorfladen und den Zeitungshändler. Im Haus merkte er sich schnell, wo Gläser und Teller, Frühstückskonfitüre und Vorräte aller Art verstaut waren. Ihr Zusammensein war entspannt und angenehm. Sie erlernten es wie nebenbei. Catherine weigerte sich, die Ferien zu einem Test für ein mögliches Zusammenleben anzusehen, ertappte sich aber dennoch beim Träumen. Sie hatte zwar nichts unternommen, um Robert für sich allein zu haben, war aber sehr zufrieden, dass seine Tochter Angélique zwei Wochen in England war, um ihr Englisch zu verbessern, so dass sie sich an die Zweisamkeit gewöhnen konnten, ehe die anderen Gäste kamen.

Weil alles so gut lief, fühlte sie sich zwei Tage später auch berechtigt, Zeit allein zu verbringen. Sie ging den geraden Sandweg am Talgrund entlang, wo sich einst eine eingleisige Bahnstrecke befunden hatte, die die Dörfer der Puisaye verband. Natürlich hätte sie auch mit dem Auto oder mit einem der alten Fahrräder, die in der Garage standen, zum Bäcker fahren können, aber sie nutzte den Vorwand, Croissants und Baguette fürs Frühstück zu kaufen, um eine Stunde ganz für sich zu sein. Vier Kilometer hin und zurück, ohne Robert. Das Haus gefiel ihm sehr, er unterstützte ihre Umbaupläne und war in jeder Hinsicht ebenso zuvorkommend wie sonst, aber sie hatte seit dem Tag ihrer Ankunft das Bedürfnis verspürt, allein zu sein, um die Wohltat des Wanderns zu genießen, das den Körper und vor allem den Geist in Bewegung brachte.

Am Vorabend war sie beim Aufräumen auf ein Weihnachtsgeschenk gestoßen, das ihr ihre Schüler überreicht hatten: ein riesiger HB-Bleistift, hellgrün an der Seite und tannengrün am Ende, mit einem riesigen Radiergummi und einem Anspitzer in passender Größe. Ein nettes und lustiges Schreibutensil und eine Anspielung auf ihre Achtung für die Schulausstattung: »HB, wie *horloge biologique*«, hatte sie unwillkürlich gedacht. Die biologische Uhr hatte sie 24 Jahre zuvor zur Mutter von Roxanne gemacht, die heute eine brillante junge Frau war und in Kalifornien gerade ihre Doktorarbeit in Physik abschloss, weshalb sie in diesen Sommerferien voraussichtlich nicht nach Frankreich kommen würde. Es war das erste Mal. Sie durchquerte lieber mit ihrem Freund Justin auf der *Route 66* die USA. Catherine fand das ganz in Ordnung. Heute stand ihre biologische Uhr auf »Frau kurz vor der Menopause«, woran sie noch gar nicht denken wollte.

»Organisiere ich hier dieses Theater eines Familientreffens auf dem Lande, weil Roxanne zehntausend Kilometer entfernt ist?«, fragte sie sich plötzlich. Roberts Tochter würde nach ihrem Brighton-Aufenthalt zu ihnen stoßen, Dimitri und seine Freundin wollten schon an diesem Tag gegen Mittag eintreffen, Ève-Marie und ihre Familie am nächsten Abend. »Was werden sich Dimitri und Ève-Marie wohl zu sagen haben? Und was soll ich Dimitris Freundin erzählen?«

Sie setzte weitere Fragen, die sich aus diesen ergaben, auf die Liste. Widmete sie sich ihren Schülern hingebungsvoller als früher, weil ihre Tochter drei Jahre zuvor nach Kalifornien gegangen war? Hatte sie, obwohl sie doch die Einsamkeit liebte, so viele Gäste eingeladen, um die Leere zu füllen, die sie unbewusst seit Jahren empfand? Sie hätte gern Romane geschrieben. Das hätte ihrem Leben einen Sinn gegeben. Aber darauf hatte sie vor langer Zeit verzichtet. Sie wollte auf keinen Fall wie die Kollegen sein, die vor den Ferien verkündeten, sie führen »zum Schreiben aufs Land«, und nach der Rückkehr nie mehr davon sprachen.

In der Ferne, hinter einem Weizenfeld in der Tiefe des Tals, sah sie allmählich den Kirchturm des Nachbardorfes auftauchen und war voller Überschwang. »Die Landschaft im Ouanne-Tal ist so einfach, beinahe abstrakt«, überlegte sie sich. »Deshalb liebe ich sie. Sie ist das Gegenteil der Seelenlandschaften …«

In der Bäckerei kaufte sie eine Cremeschnitte Paris-Brest für Robert. Er hatte gesagt, dass er abnehmen wolle, aber sie wusste, wie gern er das aß. »Irgendwie bin ich ziemlich ambivalent«, sagte sie sich. Und darüber musste sie auf dem Rückweg in der warmen Sonne lächeln. »Daran erkennt man wohl die Liebe, oder?«

Und dann kam die große Überraschung. Dimitri parkte seinen Corsa unter dem großen Ahorn auf der anderen Seite des Wegs. Die beiden vorderen Autotüren öffneten sich fast gleichzeitig, und Catherine wartete neugierig auf die vermeintlich Unbekannte, die sie allerdings allzu gut kannte. Sie zögerte trotzdem einen Moment, denn sie hatte Mühe, in dieser wunderbaren, offenen und strahlenden jungen Frau die farblose Natacha Jackowska wiederzuerkennen. Auch deren Lächeln erstarrte, als sie ihre Französischlehrerin unter der Laubkrone des hundertjährigen Ahorns stehen sah.

Vor lauter Überraschung rief sie Dimitri zu: »Wir kennen uns!«, und wies mit einer Kopfbewegung auf Catherine, die diese verlegen machte. Die unangenehmen Bilder von der Beerdigung, ihr Gespräch im Büro des Schulleiters und ihre Flucht über den düsteren Parkplatz schossen ihr durch den Kopf. Und nun stand diese Natacha Jackowska vor ihr, in ihrem Garten, ihrem Landsitz, in den nie etwas vom Arbeitsalltag eingedrungen war. Catherine musste gute Miene machen. Sie durfte Dimitri nicht in Verlegenheit bringen, also musste sie Natacha herzlich empfangen. Trotz der Verleumdung an ihrer Schule.

Sie staunten lauthals über diesen Zufall, wie es in solchen Situationen üblich ist. Catherine stellte verwundert fest, dass Natacha ehrlich und froh zu sein schien, sie erklärte ganz natürlich, sie freue sich sehr, Madame Tournant auf diese Weise wiederzusehen. »Reicht ein Jahr, um einen Menschen zu verwandeln?«, fragte sich Catherine, ohne dass ihr bewusst war, wie sehr sie sich selbst in diesem Zeitraum verändert hatte.

Sie lächelte ohne Heuchelei. Sie stand unter ihrem Ahorn und fand die Situation, die gut in eine Boulevardkomödie gepasst hätte, doch eher lustig als peinlich.

Natürlich hätte sie von der Diebin ihre Puderdose zurückfordern können. Aber was bedeutete diese Kleinigkeit, gemessen an Augenblicken der Harmonie, zu der sie gegen die Härte des Zufalls in letzter Sekunde zurückgefunden hatte? »Pudere ich mir die Nase halt ein anderes Mal«, dachte sie. Sie fand diese Formulierung altbacken und lächerlich. »Ich bin eine schrullige Alte«, sagte sie sich wieder mal. Und das machte ihr Lächeln noch strahlender. »Schluss mit der Gespaltenheit. Schluss mit der Heuchelei.«

Sie sind ganz anders, als ich es mir vorgestellt hatte«, wagte Natacha am nächsten Tag Catherine zu sagen. »Besser, meine ich.« An deren plötzlich verdüsterten Gesicht merkte Natacha, dass dieses Kompliment vor der Geschirrspülmaschine, die sie nach dem Mittagessen gemeinsam einräumten, bei ihrer Lehrerin nicht so angekommen war, wie sie hoffte. Sie entschuldigte sich.

Obwohl es eine heikle Situation war, packte Catherine die Neugier. Sie hätte Natacha ausfragen, sie unmerklich dazu bringen können, ihr zu erzählen, was ihre Klassenkameraden über die Lehrerin dachten. Aber sie beherrschte sich, verschreckt von der Aussicht, zu hören, was sie insgeheim wusste, nämlich, dass sie nett und anspruchsvoll war, aber die Schüler sich trotzdem kein bisschen für Französisch interessierten. Stattdessen sagte sie Natacha, dass diese sich auch sehr verändert habe und in den letzten Monaten sehr gereift sei. »Ich hätte dich kaum wiedererkannt.«

Ein paar Sekunden lang schwiegen sie verlegen, es war wie eine ungewohnt vertrauliche Situation, wie eine Begegnung hinter den Kulissen, wo nach der Tragödie die Masken fallen. »Sie haben ein schönes Haus«, sagte Natacha dann. »Das wäre mein Traum … Mit meiner Mutter war es schwierig.«

Catherine antwortete nicht, sie sah Natacha an, die sich ihr öffnete, ohne dass sie etwas gefragt hatte. Dieselbe Natacha, die sie zehn Monate zuvor bei sich empfangen hatte und die bei der ersten Bekundung ihrer Anteilnahme die Flucht ergriffen hatte.

»Wir hatten nichts«, erzählte Natacha. »Und ich durfte nicht ausgehen. Jetzt entdecke ich alles. Lerne alles. Die Stadt. Manchmal kommt mir das komisch vor. Ich hockte da ein paar Kilometer entfernt in meiner kleinen Welt und konnte mir nicht mal vorstellen, dass es noch was andres gibt. Ich glaube, es hat mir Angst gemacht.«

»Du bist deiner Mutter bestimmt böse«, sagte Catherine. »Aber du darfst dich davon nicht auffressen lassen.«

»Ich weiß nicht warum, aber irgendwann habe ich von einem Tag auf den anderen aufgehört, ihr böse zu sein«, antwortete Natacha. »Ziemlich genau in der Zeit, wo ich Dimitri kennengelernt habe. Ich habe es gar nicht richtig gemerkt. Erst war ich wütend und dann nicht mehr. Jetzt bin ich sogar traurig.«

Catherine fragte nicht weiter, sie sah, dass Natacha die Tränen zurückhielt. Das Mädchen datierte den Wandel ihrer Gefühle und nannte damit unbewusst auch den Grund dafür. Sie wusste, dass es bei ihr ähnlich war, dass sie durch die Begegnung mit Robert trotz der Fragen, der stürmischen Gedanken, der scheinbaren Aufregung, die sie überwinden musste, im Grunde ihren Frieden gefunden hatte. Plötzlich fühlte sie sich Natacha sehr nah, weil sie beide einen Mann derselben Familie gewählt hatten. Eine zufällige, aber doch bedeutungsvolle Verbindung. Unter den fünf oder sechs Millionen Einwohnern von Paris hatten sie Vater und Sohn gewählt. Sie amüsierten sich darüber.

»Da ist noch etwas«, sagte Natacha dann. »Cindy hat mir im letzten Herbst erzählt, dass Sie zum Schulleiter mussten. Wegen diesem Gerücht.«

Catherine sah sie an, flehend, voller Panik bei der Aussicht, das Glück, auf das sie Jahre gewartet hatte, in einem Moment zu verlieren.

»Das Gerücht, wissen Sie«, setzte Natacha wieder an. »Das war Cindy. Als ich ihr erzählt habe, wie Sie mich empfangen haben, hat sie sich irgendwas ausgemalt. Und das hat sie dann in der Schule erzählt.«

»Cindy Pruvot, das Mädchen mit den Kakerlaken in der Tasche«, kommentierte Catherine nur, unermesslich glücklich, dass ihr ganzes Gebäude nicht eingestürzt war.

»Das wussten Sie?«, fragte Natacha. »Aber machen Sie sich keine Sorgen, wir sehen uns nicht mehr.«

Cindy Pruvot, dachte Catherine, dieses tollpatschige, faule Mädchen, mit der sie eine zusätzliche Probeprüfung durchgegangen war und der sie vor der Mündlichen Mut gemacht hatte. Cindy Pruvot, deren Gerede sie es wegen einer unerwarteten Kettenreaktion paradoxerweise verdankte, dass sie zuhause gewesen war und mit Dimitri gesprochen, Angélique auf das Abitur vorbereitet und schließlich Robert getroffen hatte. Ja, Cindy Pruvot, die ihr ganz ungewollt das Glück geschenkt hatte, Robert zu lieben.

»Ich wollte Ihnen auch noch sagen, dass ich mich schäme, weil ich Ihnen die Puderdose nicht zurückgeben kann«, fügte Natacha noch hinzu. »Ich habe sie versetzt, als ich völlig pleite war.«

»Mach dir deshalb keine Gedanken«, antwortete Catherine. Das war in diesem Moment ihre geringste Sorge. Sie war haarscharf an der größten vorbeigeschrammt.

Am Nachmittag kam Ève-Marie in La Ferté-Loupière an und parkte ihren VW-Van vor Catherines Haus. Als Erstes sah sie, dass Catherine im Garten mit ihrem Patienten Dimitri Diop plauderte, der fröhlich und entspannt wirkte und den Arm um die Taille eines hübschen Mädchens gelegt hatte. Diese unerwartete Situation machte sie ratlos. Natürlich wusste sie, dass man niemanden als Patienten haben darf, den man außerhalb der Analyse kennt. »Aber so? Wenn man schon seine Analytikerin ist? Was macht man dann?«

»Ich muss aussteigen«, befahl sich Ève-Marie, »hier sitzenzubleiben ist die absolute Fehlleistung.« Wenn sie weniger aufgeregt gewesen wäre, hätte sie dieser Freud'sche Begriff sicher amüsiert.

Éric war schon dabei, alle zu begrüßen, die Mädchen hatten im Chor »Guten Tag, Catherine« gesagt und waren in den Garten gerannt, aber Ève-Marie hatte Schwierigkeiten, ihren Sicherheitsgurt zu öffnen. »Los jetzt!«, sagte sie sich, »ich muss mich der Situation stellen.«

»Stimmt was nicht?«, fragte Catherine anstelle einer Begrüßung.

Die Antwort kam von Dimitri, der ebenso verstört war, seine Analytikerin in Catherines Garten zu sehen. »Wir kennen uns schon ... Ich bin ihr Patient.«

Verlegenes Schweigen legte sich über die Anwesenden. Catherine und Robert waren verblüfft. Bei Natacha kam noch eine gewisse Ratlosigkeit hinzu. Nur Éric amüsierte sich hinter seiner vornehmen Zurückhaltung über diese Posse.

»Lasst uns erstmal was trinken«, schlug Catherine schließlich vor. »Setzt euch in den Garten, unter den Trompetenbaum. Ich hole Flaschen und Gläser. Ja, trinken wir was, damit sich die Aufregung legt ...« Gleich darauf ärgerte sie sich über den letzten Satz, dieses leere Klischee, das sie unter anderen Umständen mit ihrem roten Stift sofort gestrichen hätte. Aber man musste etwas tun, um die Verlegenheit zu vertreiben, auch wenn es nur das Einschenken alkoholischer Getränke war. So technisch waren plötzlich ihre Gedanken. Unter dem Vorwand, ihrer Hilfe zu bedürfen, nahm sie Natacha mit ins Haus.

Sie hätte alles darum gegeben, die Harmonie der ersten Ferientage zurückzuholen. Dass Dimitri eine Verbindung sowohl zu Natacha als auch zu Ève-Marie hatte, war eigentlich nichts Ungewöhnliches. Nur dass sie selbst auch mit diesen beiden Personen verbunden war, erschien ihr plötzlich unfassbar. Aber ihr Bedürfnis nach Rationalität ließ nach. Dass die Wahrscheinlichkeit eines solchen Zusammentreffens bei null lag, begeisterte sie eher. Catherine hatte noch nie so viele Gäste empfangen. Sie hatte die Verankerung in ihrer Heimatregion nie zuvor anderen offenbart, weil ihr als Pariserin dieses verborgene Gesicht immer unangenehm gewesen war. Egal, wie zerbrechlich die hier versammelte Mischung war, sie war glücklich. Weil diese Gäste da waren. Einfach da, bei ihr.

Ève-Marie fragte sich, was sie tun sollte, um die Situation mit Dimitri zu klären. Natürlich würde sie nichts von dem preisgeben, was ihr Dimitri während der Sitzungen anvertraut hatte, das wusste Dimitri so gut wie sie.

»Aber was stört mich dann eigentlich?« Ève-Marie hatte sich immer geweigert, aus ihrer Rolle herauszutreten. Sie hatte bei ihren Patienten immer Wert auf die Haltung der professionellen Analytikerin gelegt. Zwei, drei Fragen, eine Erinnerung an die Regeln. Keine Abschweifung. Nichts Persönliches. »Ich habe nicht vor Dimitri Angst, sondern vor mir selbst«, sagte sie sich plötzlich. »Anscheinend fürchte ich mich davor, dass es meinen Patienten Waffen gegen mich in die Hand gibt, wenn sie mich kennen.« Sie griff nach Érics Hand. Seit dem Abendessen, bei dem sie ihm ihren familiären und sozialen Überdruss gestanden hatte, war sie wie neu verliebt. »Die Situation ist ungewohnt und etwas verwirrend«, sagte sie dann zu Dimitri, »aber sie ist auch total komisch!«

Dimitri stimmte ihr zu. Er war beruhigt, dass er sich in dieser Arena nicht wie das Plastikmännchen fühlte, das man gegen ein Fenster wirft, damit es mit gymnastischen Verrenkungen hinunterrutscht. Auf diese Weise erfuhren sein Vater und Natacha wenigstens, dass er zu einer Therapeutin ging, und das nahm ihm eine schwere Last von den Schultern.

In den nächsten Stunden wuchs zwischen den Anwesenden eine geradezu magische Verbindung. Jeder spürte in der einen oder anderen Form, dass er einen wunderbaren Moment erlebte. »Ja, jetzt ist wirklich nachher«, sagte sich Natacha zum Beispiel. Catherine spürte hingegen, dass sie endlich einfach nur glücklich war.

Plötzlich klingelte Dimitris Mobiltelefon und riss sie aus einer Stille, die wie ein Engel über ihnen geschwebt hatte.

»Mein Freund Jérémie hängt zuhause rum, kann ich ihm vorschlagen, vorbeizukommen?«

»Natürlich«, antwortete Catherine, ohne nachzudenken. »Wir holen ihn am Bahnhof Joigny ab.«

Als sie zwei Stunden später zum Bahnhof fuhr, verstand sie durchaus, dass die Menschen auf dem Land die Pariser manchmal nicht mehr riechen können. »Die Pariser tun so, als wären sie überall zuhause, weil sie alle von woanders sind.« Sie fühlte sich mild und nachsichtig, mit sich selbst versöhnt. »Ja, das ist Paris. Es ist unsere Haut. Alles ist möglich. In Paris kann man mit fünfzig die Liebe finden.«

Catherine war glücklich über das, was sie vollbracht hatte, ja, glücklich und stolz, sich selbst übertroffen zu haben, das Glück, das sie erlebte, wirklich zu verdienen. Ein letztes Mal schrieb sie mit roter Tinte ihre Anmerkung an den Rand ihres inneren Prüfungsblatts, und es war ein Glückwunsch: »Bravo, Catherine. Ausgezeichnete Arbeit!«